燃えるスカートの少女

エイミー・ベンダー
管 啓次郎＝訳

角川文庫 14967

Design by Hiromi Ohji
Illustration by Midori Yamada

本書は、2003年5月に小社より刊行された
単行本に加筆・修正し、文庫化したものです。

燃えるスカートの少女　目次

母と父に

思い出す人

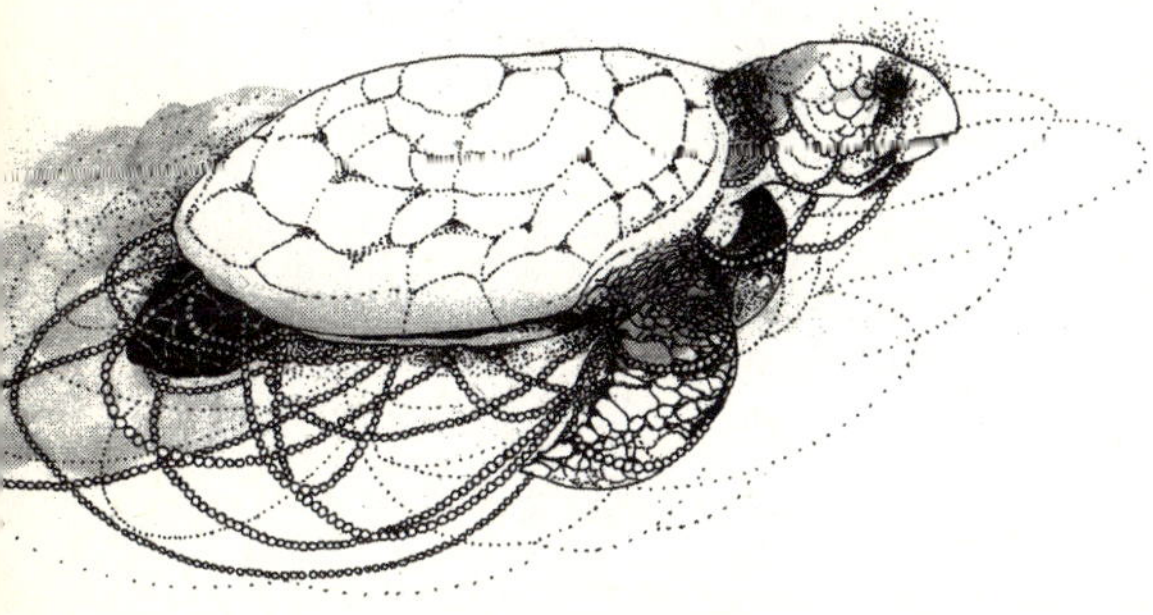

私の恋人が逆進化している。誰にも話していない。どうしてそんなことになったのかわからないけれど、ある日まで彼は私の恋人だったのに、その次の日には猿になっていた。それから一か月がたち、いまは海亀。

私は彼を塩水でみたした耐熱ガラスのバットに入れて、台所のカウンターの上に置いている。

「ベン」と突き出した小さな頭に話しかけてみる。「私のいうことがわかる?」すると彼は小さなタールのしずくのような両目でじっと見つめ、私はバットに涙をこぼす、それは私の海。

彼は一日あたり百万年を脱ぎ捨てている。私は科学者ではないけれど、だいたいそんなところだろうと計算している。コミュニティ・カレッジでむかし生物を教わった先生のところに行って、ヒトの進化のおおよその流れを聞いてきた。はじめ、先生はうるさがっていた——お金が欲しかったのだ。私が授業料を払いますけどというと、先生はすごく機嫌がよくなった。先生が書いてくれた進化表はほとんど読めず——タイプしてくれればよかったのに——しかもまちがっていた。先生の説にしたがえば、全プロセスにかかる時間は一年くらいだということになるが、これまでの展開を見るかぎり、残された時間はもう一か月もなかった。

はじめのころ、みんなが電話をかけてきて、ベンはどこ、と私にたずねた。なぜ仕事にこないの？　どうしてクライアントとの昼食の約束を破ったんだ？　注文された文明史についての絶版本が書店に届いたのですが取りにきていただけますか？　私はみんなに彼は病気だと答える、奇妙な病気なんです、電話はやめてください。すると、もっと奇妙なことに、かれらは本当にやめた。電話をかけてくることをやめた。一週間後には電話は沈黙し、ヒヒのベンが部屋の隅の窓際にカーテンにくるまって腰をおろし、自分にしかわからない鳴き声を立てていた。

人間だった彼を見た最後の日、彼は世界はさびしいと思っていた。

珍しいことではなかった。彼はいつだって世界はさびしいと思っていた。それが私が彼を愛していた大きな理由だった。私たちは一緒にすわり、さびしくなり、なぜこんなにさびしいんだろうと考え、ときにはさびしさについて議論した。

人間最後の日、彼はこういった。「アニー、わからないかな？　われわれはみんなあまりに賢くなりすぎたんだよ。脳はどんどん大きくなるばかりだけど、考えがひしめきあって心が十分にないとき、世界は干上がり死んでしまう」

彼はゆるぎない青い瞳で、刺すように私を見た。「ぼくたちもそうさ、アニー」と彼はいった。「ぼくたちはあまりにも考えすぎだ」

私は腰をおろした。はじめてのときどんなふうにセックスをしたかを思い出した。私は明りをつけっぱなしにし、両目を大きく開いて、すっかり身をまかせなくちゃと、すごく強く精神を集中していた。それから私は彼も両目を開いていることに気づき、真最中だというのに私たちは床にすわりなおして、一時間も詩について語りあったのだ。それは、とてもへんなことだった。それは、とてもおなじみのことだった。

別のときには彼は私を夜中に起こし、淡いブルーのシーツから私を抱き上げて、外の、星空が見えるところに連れてゆき、ささやいた。ごらん、アニー、ごらん——これだけの空間がすべて夢のためにあるんだよ。私は眠いままその言葉を聴き、ベッドまでさまよい戻ってみたものの、いざ戻るとすっかり目が覚めてしまい、夢なんてまるで見られないまま天井をじっと見つめるしかなかった。ベンはただちに眠りに落ちたが、私は外に這《は》い出した。夢で星々の高みにまで上昇したいと思ったが、どうすればできるのかわからなかった。歴史上いまだかつて誰も願いをかけたことのない星を見つけようとして、本当にそんな星に願いをかけたならいったい何が起こるだろうかと考えた。

人間最後の日、彼は両手に顔をうずめて溜《た》め息をつき、私は立ち上がって彼の首のうしろに隈《くま》なくキスし、すっかり覆いつくし、そこに願いごとをした。これほど徹底的に、彼の肌のあらゆる場所にキスをした女はいないと知っていたから。私は彼を包んだ。願いごとは何？　願ったのは、善《よ》いこと。それだけ。ただ、善いこと。私の願いはずっとむかし、子供のころに、一般的なものばかりになっていた。特定の願いごとがもたらす結果を、私はすぐに学んでしまったから。

私は彼を抱きしめ、私のさびしい男を、愛に誘った。「ね、私たち何も考えていないでしょ」と、私の首にキスをする彼の耳にささやいた。「ぜんぜん、何も考えていない」彼は頭を私の肩におしつけ、私をいっそう強く抱きしめた。終ってから、また外に出た。月はなく、夜は暗かった。話をするのは大嫌いだ、と彼はいい、ただ私の目をのぞきこみ、そういうやり方で伝えたい、といった。私は彼に望みどおりにさせたが、彼のまなざしの中にあるものに、まるで皮を剝《は》がれたような気がした。それから彼はどういうわけか外で眠るからといい、朝になって私がベッドで目を覚まし中庭《パティオ》を見ると、セメントの上にべったり横になっている大きな猿がいて、太陽の眩《まぶ》しさをさえぎろうと大きな毛むくじゃらの両腕で顔を隠しているのだった。

その両目を見るまでもなく、私にはそれが彼だとわかった。顔を見合わせてみると、彼はあのいつものさびしい顔をして、私はその巨大な両肩を抱いた。それどころかそのとき、はじめのうちは、私はたいして気にもしなかったのだ。パニックを起こして911に電話をかけたりはしなかった。彼と一緒に外で腰をおろし、彼の手の甲の毛を撫《な》でた。彼が手を伸ばしてきたとき、私がダメと大きな声でいったので、彼はその意味がわかったらしく手を引っこめた。どうしても一線を引いておかなくてはならないこともある。

私たちは一緒に芝生に腰をおろして、所在なく草をむしった。私はすぐに人間のベンが恋しくなったのではなかった。猿の彼のこともよく知りたい、恋人のことを息子かペットみたいにして面倒を見てやりたいと思った。彼のことを可能なかぎりすべてのかたちで知りたかったが、あの彼がもう帰ってこないのだということには、まだ気づいていなかった。

いま私が仕事から帰ってきて、もともとの大きさの彼が歩いたり悩んだりしている姿を探すたび、あの人は行ってしまったのだということを、何度も何度も思い知らされる。私は廊下を行ったり来たりする。ほんの数分のうちに、ガムを一パックぜんぶ嚙《か》んでしまう。記憶を点検し、まだ記憶が失われていないことを確認する。なぜなら彼がいないのであれば、覚えているのは私の仕事だから。彼が両腕で私の背中を包みこみ、あまりにぎゅっと抱きしめるので私を苛立《いらだ》たせたことや、彼の息を私の耳に感じたときのことを思い出す。それはいつも右耳。

台所にゆくと、私はガラス容器をのぞきこみ、いまではサンショウウオか何かになってしまった彼を見る。彼は小さい。

「ベン」と私はささやく。「私のこと、覚えてる？　思い出って、あるの？」

彼は両目をくるくるさせ、私は蜂蜜《はちみつ》を水にたらしてやる。彼はむかし蜂蜜が大好きだった。彼はその滴を舐《な》め、それからバットの反対側にむかって泳いでゆく。

いくつもの線を引いてきたが、これが限界だった。ここでおしまい。それがどこにあるのか、はっきりわかることはけっしてないのに、あるときガツンとそれにぶつかり、そこでおしまい。水を見下ろしても彼の姿がどこにも見つからなくなったら、私は耐えられない。小さな透明な波のあいまを、顕微鏡のレンズを使って恋人を探すなんて。驚異の単細胞生物、ふくらみ、境界膜をもち、脳がなく、無害で、眼球の飛蚊のように透明で小さく無にむかって突進してゆく恋人を。

私は彼を車の助手席に積み、浜辺へと走った。砂浜を海にむかって歩きながら、タオルをしいて横になり日光を浴びている人々にむかって、私は軽くうなずき、願いごとをした。水際に着くと私は身をかがめ、バットを小さな波の上にそっと置いた。この料理用の小舟はちゃんと浮かぶ。これならどこかの海岸に打ち上げられたのを見つけた誰かが、クッキーの生地を混ぜるときにも使えるだろう。クッキーの材料はすべてそろっているのに容器がないかわいそうな人にとっては、いい拾い物になる。

サンショウウオのベンが泳ぎ出す。私は両腕を海にむかってふる。彼がふりかえれば見えるように、大きくふる。

私はくるりとむきを変え、歩いて車に戻る。

ときどき、彼が海岸に打ち上げられるのではないかと考えることがある。びっくりしたような顔をした、裸の男。歴史をさかのぼり、また戻ってきた人。私は新聞を注意して見ている。私の電話番号が電話帳に載っていることを確認する。夜には近所をぶらぶら歩いてみる、どの家だったかを彼がちゃんと思い出せずにいるといけないから。私は外で鳥たちに餌をやり、ときどき、ひとりぼっちでベッドに横になるまえ、自分の頭骨のまわりに両手をあててみる。それが大きくなっているのではないかと思って。そしてもし大きくなっていたら、いったいどんなものが、何の役に立とうとして、その隙間を埋めるのかと考える。

私の名前を呼んで

午後、私は男たちのオーディションをしているところ。かれらはそれを知らない。これは秘密のオーディション、いつものままでいらっしゃい。

「まじめに訊《き》いてるのよ」と私は、地下鉄に乗っている、あまりに疲れてすでに死が宿っているとわかる目をした、のっぽの男にいう。「猫と犬、どっちが好き?」

彼はいかにも寛大そうに私にほほえむ。私は自分が何を求めているのか、はっきりということはできないのだけれど、それに出会えばちゃんとわかる。自分の魂の中に誰かが入ってきて、もみくちゃにされ、息が止まり、へなへなになりたいのだ。洞察力によって、犯されたいのだ。

「猫だね、まちがいなく」と彼は指で薬をつまぐりながらいう。彼は薬でよれよれになっているが、それはかまわない。かまうのは犬のことであり、私はがっかりする。

彼にお礼をいい、片手で髪をかきあげ、私の監視席に戻る。それは最前列、進行方向に逆向きにすわる席で、私が乗ったときにウインクしてきた運転手のすぐうしろだ。

　地下鉄に乗るとき、私はドレスを着ている。接着式の壁掛けフックを発明した死んだ父の遺産で、お金はたくさんある。父がそれを発明したのは二十代のころで、人々は雌鹿《めじか》のような目をして父の戸口に殺到してきた——もう誰も釘《くぎ》なんて使いたくないのだ。父は私が三歳のときに死んだので、父を恋しく思うほどよく知る時間はなかったし、私とママには数百万ドルが遺《のこ》されていて、ママはお金を遣う人ではない。だから、私だけ！　ぜんぶ、私！　私は高級車もグルメ・ディナーもあまり好きではない。好きなのは、すてきなドレス。きょう、私はマルーン色のサテンの床まで届くドレスを着ていて、背中はV字に開いていて、それに合わせた色のサンダルはストラップを踝《くるぶし》のところで×印にむすぶやつだ。両耳には単純なダイアモンドのイアリングが光っている。私はワルツが踊れるにちがいないというふうに見え、本当に踊れる。

　私が地下鉄に乗ってくると、男たちは満足する。なぜなら私はふつう自分の車を運転しているタイプの女だから。黒いパンツをはいてずっと小説を読んでいるので視線が合うことすらない、地下鉄でよく見かけるような女の子ではない。私はちがう。かれらを見つめほほえみかけるので、男たちはよろこぶ。かれらは夕食の席で、私のことを話すにちがいない——私は退屈な人々に、トウモロコシをかじりながら話す話題を提供しているのだ。

のっぽの男が立ち上がって出口にむかい、私に会釈する。私は小さく手をふる、バイバイ。彼の死んだ目の目尻《めじり》に賢そうな皺《しわ》がよるので、私はもう少しで後をつけてゆきたくなる。その目で私を見下ろし、私について何かすてきなことをいってもらい、輝くたった一言で私のすべてを明るみに出してほしいと思うのだけど、本当はそんなことを思っても仕方ない。彼にはできないだろう。彼の目尻にあんな皺があるのはあまりに陽の光を浴びすぎたせいだ——彼は私の名前すら知らない。

おしまいだわ、この車両はぜんぶチェックした、と思ったとき、なんとか眠ろうとしている地味なベージュのスーツを着た年輩の女性のうしろに、それまで気づかずにいた人を発見した。内気な男。彼は窓にもたれかかり、煙草を吸いたがっていて、私のほうは見ていない。私は彼のすぐ隣に行って、腰かける。

「窓の外に煙を吐けば」と私は小さな声でいう、「誰も気づかないわよ」

「何だって?」彼は私より十歳くらい年上で、両目は明るい色、水でうすめたぐらいに。

「吸っても、私は誰にもいわない」

彼はその意味を悟り、目をぱちぱちする。「どうも」と彼はいうが、何もしない。

私のドレスはオレンジ色のプラスチック製の座席をあちらにこちらにきゅきゅっと滑り、休日のような音を立てている。

「それで、あなたの名前は？」私はたずねる。

彼は頭を窓の外にむけたまま、暗いセメントが流れすぎてゆくのを見ている。彼の髪のうしろのあたりはぺしゃんとなっていて、いま昼寝から覚めたばかりみたい。

「じゃあ、どこに行くの？」私は声を大きくしていう。

彼はふりむき、眉《まゆ》を上げる。

私は少し体をかたむける。髪がまえにはらりと落ち、アーモンドの匂いのする私のシャンプーが香る。「深い意味はないんだけど」と私はいう。「どこで降りるの？」

「パウエル」と彼はいう。「きみの髪、アーモンドの匂いがするね」

気づいてくれて、すごくうれしい。

「犬と猫、どっちが好き？」私は彼にたずねる。たったいま、この瞬間に、本当にそれを知りたいわけではないんだけれど。

「いろいろ聞くんだな」と彼はいう。

「ええ」

「さて」

「何？」私のドレスはこのシートではすわりが悪くて、このまま床に滑り落ちてしまいそうだ。

「好きなのは」と彼はいう。「どっちでもいいけど、名前を呼んだらふりむくやつだな」

彼は内気かもしれないが、ずっと私の目をまっすぐ見ている。

電車は踏んばるようにして停車しはじめ、彼は立ち上がって私のまえを通りすぎようとする。でも私は彼と一緒に立ち上がる。ドレスの裾《すそ》が地下鉄の床で汚れ、私はこれでちょっとヴィンテージ物みたいに見えるわ、と考えている。彼は扉の把手《とって》を押し、すごい速さで出ていくので、それまで調査していた車両をふりかえり私が降りるのを見ている人々をじっくり見るだけの時間も私にはない。ブリーフケースをもった男が私に微笑を返すが、女たちは全員、私には目もくれない。

私は内気な男のあとを二、三ブロックのあいだ、ふわふわとついてゆく。彼はエスカレーターに乗りマーケット通りに出るが、背後にいる私のバーガンディー色の影にしばらく気づかない。それから彼は靴屋に飛びこみ、そこでは私はいやでも目に入る。女の店員たちがただちに私についた。「買います」と全身に書いてあるように見えるから。彼女たちはそう思うのだ。なんて気がきかない靴屋。

「へーい」と男がいう。「あとをつけてるのか?」

「かも、ね」私は何気なくそこにあった一足の靴をとりあげてみる、それはとても不恰好で仕立てもお粗末なものなのだけれど。

「それ、よく出てますよ」と、前歯に口紅をつけた女店員その1がいう。

「そんなことは私には売りにならないの」と私はいう。「それにね、歯に口紅がついてるわよ」

彼女はさっとうつむき、人さし指で歯をこする。「ありがとう」とほんのささやき声で彼女はいう、まるで秘密みたいに。「ほんと、やーね」

男はすでに店を出ている——ばかな私がばかな店員と一秒の会話をしているうちに、彼は行ってしまったのだ。店長はカウンターのうしろから靴の棚を見わたしている私を見ていて、首をちょっとかたむけ、彼の背後にある階段を教えてくれる。

「あなた、彼の恋人？」と彼はいう。

「かもね」と私はまたいう。まったく。あの内気な男がまるで相手にしなかったなら、ある種のずるい飢えをもって私をじっと見なかったなら、そもそも私はこんなところに来なかった。でも彼のほうも半分はその気になっていて、サテンが彼の部屋の床に脱ぎ捨てられるときの重い音を彼が想像していること、どんな風だろうなと彼が思っていることが、私にはわかった。本当にこっそりそう思っていたのかもしれないけれど、それでもおなじこと。

私は片手を店長の肩にしっかり置きぎゅっとつかんで感謝の気持ちを伝えた。いつかここに来て、彼から十四足の靴を買うかもしれない。自分で履くわけではないけれども、たまには変化が欲しいと思っているにちがいないホームレスの人々にあげたっていい。実用的な靴を買おう、クッションのきいた靴底で、ヒールなんかないやつ。ホームレスになったら誰でもたくさん歩くだろうから、ヒールがあるのはよくない。

階段はかなり暗いがそれでも屋外の昼の光が感じられるので怖くはない、ただひんやりしてちょっと黴《かび》くさいだけ。さいわい、階段の上にアパートメントはひとつしかない。ドアにふれてみたら、鍵《かぎ》はかかっていない。私としては神経をぴりぴりさせながらノックをするより、ただ入っていくほうが楽。彼はシャツを脱ぎビールを手にして、自分の居間でテレビを観ている。彼は私を見て、ちょっとおもしろがっているような顔をするが、それほど驚いてはいない。

「しつこいドレスのおじょうさん」と彼はいう、「きみはほんとにしつこい女の子《クッキー》だね」

私はクッキーと呼ばれるのが好き。好き。好き。

カウチの彼の隣にすわる。

「あなた、ワルツを踊れる?」私はたずねる。

彼は二、三回チャンネルを変えて、それからテレビを消す。「それで、どうしたいの?」と彼がいう。「きみは娼婦《しょうふ》なの?」

はっきりいって、私は気を悪くしない。こういわれるということは彼が性的な波動《はどう》を感じていることだと思えるし、それは私の気分をよくする。つまり、生きてる、っていう感じになれる。

「ちがうわよ」と私はいう。「あなたが気に入っただけ。今夜、予定はあるの？　金曜日の夜なんだし、何か一緒にしてもいいわね」

「今夜は予定がある」と彼はいう。彼は時計を見る。「二時か。あと六時間」

彼の胸は日焼けしていてちょっとぶよぶよしている。女みたいにやわらかい乳首をしている。なぜか私は、その乳首を見るだけで苦しくなる。すごく脆《もろ》く見える、これからごろごろと切られてエグゾティックなキウィ・サラダに入れられるのを待っている果肉みたい。それは私に彼の上にのっかり彼のやわらかい果物みたいな両方の乳首に私の両方の親指を押しあててエレベーターのボタンみたいにぎゅっと押したいという気分にさせる。へい、ベイビー、上まで連れてって、と。彼は運がいいと思っているだろうか。つまり、きれいな女の子が跡をつけてきて家まで入ってくることなんて、そんなにあるものじゃないでしょ？　それは運がいいってこと。それこそ、男たちの願い。

「さて」と彼はカウチに深くもたれて、サイド・テーブルの煙草をつかむ。わかってた。

「きみのそのドレスを切り裂いて剝《は》がしてやりたいような気がする」

「ほんとう?」

「うん」彼は煙草をいちど長く吸いこみ、それから揉《も》み消す。怖がるべきなのかもしれないけど、怖くない。マーケット通りをひっきりなしに通る車やバスの音がして、それが私を安心させる。

「ナイフ、それとも鋏《はさみ》?」

彼は微笑する。「ナイフ」という。

「どうしようかな」と私はいう。「それはちょっと行きすぎかな、私には」

「鋏」彼は灰皿にある吸い殻にまた火をつけて吸う。

「いいわ。鋏」

「信じられないくらいすごいドレスなのに、そんなに簡単にだめにしていいのかい?」と彼がたずねる。

「いいのよ」私の銀行の貸金庫はあなたのアパートメントくらいの大きさがあるんだから、と私は考えている。彼のバスルームのドアに、黒いTシャツがかけられた、接着式のフックがついているのが見える。

彼は寝室にゆき、オレンジ色の把手のついた鋏をもってくる。彼は私に見られていることを知りながらゆっくり歩く。カウチに戻ってきた彼はまえより近くにすわるわけでもなく、ただドレスの裾を手にもって切ってゆく。ヒップからウエスト、乳房のわき、脇の下、ついで袖《そで》を下りてゆき、その反対側を上がり、肩、そして首のところで、ちょきん。まるで彼が手紙を開くペーパーナイフを手にして、やさしく私を開いたような気持ちになる。それもすごく丁寧にやってくれた。カウチの、自分の側に深くもたれて、彼は鋏を置いて自分の仕事をよく眺める。私は彼にほほえむ。次の動きは、彼が決める。

「きみに手をふれたりはしないと思うよ」と彼はいう。

私はそこにいて待っているのに。私たちの背後の窓から入ってくる、通りの風に体を冷やされて。

「えっ？」彼に私の乳房が見えることは知っている、それはすぐそこにある。私の目の底辺からもそこにあるのが感じられる。

「しない」彼は立ち上がり、あたりを見まわす。

「だったら、縛ったりとか？」私は反対側の腕を脱いで上半身がむきだしになるようにする、ただ両脚とウエストだけがマルーン色のサテンに包まれている。彼のカウチの色はケリー・グリーンなので、おもしろいコントラストだ。私はちょっと、それを鑑賞してみる。

「縛る？」彼は冷蔵庫にゆき、冷たい水をグラスに注ぐ。「いや、おれはそんなばかなまねはしない」彼は私がドレスから半分こぼれ出ていることに気づきすらしないようだ。

たのよ」

「もしもし」と私はいう。「どうしちゃったの？　あなたたったいま、私のドレスを切っ
「ああ」と彼はいう。「ありがとう」

「でも六時間あるんでしょう」と私はいう。「六時間あるっていったじゃない」

「ああ」彼は水をちょっとずつ飲んでカウンター越しにいう。「きみは何をしたいの？」

　私はカウチから立ち上がる、するとつまりドレスは床に落ちて、私は裸でハイヒールを履いている。それがたぶん私が一日中そうなりたいと思っていた姿で、踝《くるぶし》のところでは蛇の絵でも描いたみたいにストラップが×印になっている。私は彼の手から水を奪い、台所のカウンターに飛び乗って腰かけ、両足で彼を引き寄せる。それから私は彼にキスする、水で冷たくなった彼の唇にはまだ煙草の味が残っている。彼は口を閉じたままで、私は体を彼の体におしつける。「六時間て」と私はいう。「長いわよ」

「あのね」と彼はいう。「ここではそうはできないと思うよ。おれはきみのドレスを切り裂きたかった。別にきみとやりたいわけじゃない。きょうはそういう気になれないんだ。誤解させたんだったら、ごめん」

　彼はまた水を手にする。私はそれを取り上げ、ちょっと飲む。ただの水。

「ああ、そうね」と私はいう。「誤解させられちゃったなあ。誰かのドレスを切り裂くと

いうのは誤解をまねくと思うけど」

一歩引いて彼は難なく私の両脚から逃れ、まっすぐ私を見る、私の中を見る。地下鉄で彼がしたように、私の好きなやり方で。彼は冷蔵庫にもたれかかり、マグネットがひとつ床に落ちる。

「縛られたいの？」とそのとき彼はいう。「縛ってやるよ」

悲鳴を上げる必要があるとすれば、マーケット通りにいる無数の人のうち少なくともひとりには確実に聞こえるだろう。誰かが聞きつけて、何かをしてくれるだろう。私は本当に、本当に、大きな悲鳴を上げることができる。

彼は私を寝室に連れてゆくが、そこはとても地味で壁には何もかけてなくてベッドは乱れたままだ。机のまえに椅子がひとつあり、彼は私をそこにすわらせ、クローゼットにいってベルトを二本はずしてくる。彼はベルトの一本を椅子の背板のあいだに通し、私の両手にかける。

「寝室か居間か？」彼はなんだか平坦《へいたん》な声でそうたずねる。

「居間にしてちょうだい」と私はいう。

椅子ごと私を抱え上げ、彼は居間のほうに私を連れてゆく。両腕はすでに縛られているので、彼はこんどはすばやく手際よく私の両脚にとりかかる。窓はまだ開いていて、私は万一のときどこにむかって悲鳴を上げるべきかを考えている。

もう一本のベルトでは両脚をきちんと縛れないらしく、彼はいまはいているジーンズからさっとベルトを引き抜き、ジーンズは彼のヒップをちょっとずり落ちる。彼の骨盤の出っぱりが見える。彼の乳首はまだやわらかい。私は罠《わな》にかかった鹿のような気持ちで体をかがめ、その一方にキスし、甘くやわらかくびくびくしている乳首を軽く嚙《か》んでみる。

「へーい」と彼はいう。「まだ作業中だよ」

私はまた体を前傾させ彼にキスしようとするが、彼は後退し、私は動けない。彼は椅子の周囲をまわりベルトをひっぱってみる。私は背中をのけぞらす。私の乳房は円錐《えんすい》形に突き出し、私の乳首はもうやわらかくない。彼はカウチにゆき、テレビをつける。

「何でも好きなことを想像しなよ」と彼はいう。「ほどいて欲しくなったら、そういいな」

私は椅子ごとぴょんと回転し、彼が見えるようにする。

「どういうこと？」と私はいう。彼は両足をコーヒーテーブルに載せ、私のドレスをそっと畳みはじめる。

「いった通りさ」

「ただ縛るために縛ったの？」

彼はドレスを自分の隣にきれいに置いて、また片手で髪をかきあげる。なぜ私以外の人はみんなこんなにめちゃくちゃに疲れて見えるのだろう？　私は眠りすぎ。彼は深く息を吸いこむ。「さて、これから」と彼は決然とした声でいう。「おれはテレビを観るよ」

私もちょっとのあいだ、彼と一緒に観る。モーツァルトについての番組だ。でも私はあまり集中できない、なぜならテレビのむこうには接着式フックのついたバスルームのドアがあって、フックがいやでも目に入るから。私の父は大金持ちだったのよ、と私は彼にいいたい。大金持ちの娘を縛るだけ縛ってやらないなんてことは許されないわ。裸でマルーン色のサンダルのストラップを踝に巻いただけの、一千万回の腹筋でひきしまったおなかをしている大金持ちの娘を縛っておいて、テレビを観ているなんて！　あなた、いったい何様のつもり？

私は椅子ごとジャンプして彼に飛びかかりたいけれど、うまく身動きできないので、その代わりに頭だけふりかえって彼をじっと見つめる、最初は誘惑的に、ついで、つくづく嫌気がさしたという顔で。

しばらくしてから、彼が顔を上げる。「どうした？」

「たいくつ」と私はいう。

「家に帰りたいのか？」

「だって六時間もあるのに」それは泣き言みたいに聞こえる。私は彼の反応を待つが、彼は黙れといってすばやく引き裂くようにズボンを脱いだりしない。彼の顔はやさしく、まだ疲れていて、頬はたるんでいる。私は彼の頭を私の胸に載せてなだめてあげたい、この糞《くそ》みたいなアパートメントでひとりで暮らしているかわいそうな男を。かわいそうなオトコ。あなたのこのグリーンのカウチで私にあなたを愛させて。通りから見えるように、私の二つの乳房のあいだの空間で何か魔法みたいなものをあなたにあげたいの。おねがい。おねがい。そうさせて。

「あのさ」と彼はまたいう。「もう帰ったら?」

私は家まで歩いて帰るところを想像する。どこかの店に入って、もう一着、ドレスを買わなくちゃ。彼のTシャツを一枚借りるか、貸してくれなかったら、タオルみたいにサテンの切れ端を体に巻いていこう。女の店員は奇妙な服だなと思うだろうけれど素材の良さに気づき、私のことをいいお客だわと思うだろう。彼女は私に自分の名前を告げ、私があれこれ見てまわるあいだ私の選んだ品物をかけておいてくれるだろう。私はこのドレスの物語を彼女に話すかもしれないけれど、その結末まではいわない。すると彼女は聞きながらくすくすと笑ってくれるだろう、だって私はお客さまなのだから。私は新しい豪華なブロケード織りのクリーム色のガウンを身にまとって、タクシーで家に帰る。私のアパートメントは広くて、大きなテレビがある。私はベルベットのカウチをもっていて、それはちょっと他ではお目にかかれないもの。テレビはケーブル・テレビだ。このばかな乳首男のテレビよりもずっと映りがいい。壁越しにだって作動するリモコンがついている。

私はまた彼を見る。彼はまたマッチをすって、一本めの煙草の吸いさしを、また吸おうとしている。

「いや」と私はいう、椅子にぐったりと深くすわりなおしながら。「まだ帰りたくない」

彼はふりかえって私を見る。「いいでしょう?」私はたずねる。

彼は小さくうなずく。「いいよ」と彼はチャンネルを変えようと体を前傾させながらいう。「さてと。クイズ番組か、ニュースか?」

「ニュースじゃないのにして」と私はいう。彼はチャンネルを三回、かちゃかちゃと回す。クイズ番組のホストは本当に歳をとって見える。内気な男は両肘《りょうひじ》を自分の膝《ひざ》について、トリビア・クイズに答えはじめる。私は目を閉じて、高らかな正解の音が部屋をみたすのに、じっと耳をかたむける。

溝への忘れもの

スティーヴンが戦争から戻ってきたとき、唇をなくしていた。

すごいショックだわ、と妻のメアリーはいった。彼女はこの六か月、セーターを編み、彼女のことをある目つきで見るある若者が働いているある食料品店を避けながら暮らしてきた。唇はあるものだと思ってたのに。生きて帰るか死んで帰るかそれはわからないけれど、唇はあるものだと。

スティーヴンは居間に入った。そこには彼のなつかしい椅子がきれいに埃《ほこり》をはらわれ他の誰にも使われずに立っていた。ぼく普通に＝食べられる＝んだよ、と彼はおしゃぶりの端っこみたいに彼の口の名残りを覆い保護しているプラスチックの円盤のせいで奇妙にぎこちない、かたかたと鳴るような声でいった。お医者さん＝が＝いずれにせよ＝二、三週間のうちに＝新しい＝皮膚を＝つけてくれる。ぼく＝の＝掌《てのひら》の＝皮膚さ。彼は手を持ち上げ、じっと見た。うまく＝いく＝と＝思うよ、と彼はいった。ただ＝まるで＝元通り＝と

〝いうわけには〟いかない〟けどね。

そうよ、とメアリーはいった。元通りにはならないでしょうね。あの爆弾、と椅子の反対側に立ったメアリーはいった。あれがね、あなたから最後の本物のキスを永遠に奪ってしまった、そして私の記憶が正しければ、そのキスは私のものになるはずだった。

その夜、ベッドで、彼は彼女の立った乳首をUFOのように円盤でこすり、プラスチックは彼女の肌にひんやりと感じられた。まるでふたりとも大学生で、机の上の品々を性的なおもちゃ代わりにして遊んでいるような感じがした。そのころの彼女のボーイフレンドはハンク。ものさしを使ってみよう。きみを測ってみるよ、メアリー。おれのおちんちんの上でペーパーウェイトのバランスをとってみよう。あんなことは卒業しちゃった、とメアリーは考えた。いま欲しいのは唇。基本的なものが欲しいだけ。

彼女は何もいわなかったが、もう一軒の食料品店での買物を再開した。

その店の若者にはずっと唇があったのだが、いまではそれが二倍の大きさに見えて、信じられないほどゆたかで、彼の顔からあふれ出ているように思えた。若者が彼女の牛乳や卵や練り歯磨きをバーコード読みとり器にかけているあいだ、彼女はあれはどんな味がするのかしらと思いつつ彼の唇から目を離すことができなかった。温かく、しょっぱい、肉の味。

うれしいなあ、と彼は唇を動かしながらいった。ずいぶん久しぶりですよね。

メアリーは赤くなり、カウンターの上にあるチューインガムをいじった。

おひとつどうぞ、と彼は彼女にいった。黙ってますから。

いいの？　彼女はフレーバーを見て、シナモンをとった。

どうぞ。彼は彼女にむかってほほえみ、マネージャーが見ていないかどうかを確かめながらいった。嚙《か》んでるあいだ、おれのこと考えてください。

彼女はまた赤くなり、ガムをポケットに入れ、それからいっぱいの買物袋を二つ、両手にかかえた。

手伝いましょうか？　彼は声をかけた。手伝わせてください。

オーケー。彼女は荷物を彼にわたし、彼は川沿いに停められた車のところまで彼女を送っていった。彼が買物袋をトランクに入れているとき、彼女は買物袋と一緒にあそこに入ってしまいたいという欲望に捕らわれた。あそこにすわり、いらっしゃいと男にいい、トランクを閉めて鍵《かぎ》をかけ、セックスをし、食料品を食べて、窒息するか夫がこんど車を使うときまでそうしているのだ。

家に帰るとスティーヴンはバスルームにいて、鏡に映った自分を見ていた。メアリーはつっ立って、両脇にひとつずつ買物袋をかかえたまま、彼が指先で円盤にさわっているところを見ていた。彼が彼女に気づいてふりかえるまで、ずっと見ていた。

ハニー、と彼はいった。早＝かった＝ね！　彼は彼女から袋をうけとり、中をのぞきこみ、彼女が選んだ食物を見て＝オー＝とか＝アー＝とか感動の声をあげていた。

ああ＝メアリー。きみ＝が＝とても恋しかった＝よ。あの＝溝＝の＝中で＝きみ＝のことを＝考える＝たび＝天使＝の＝姿が＝見えた＝んだ。彼の声は崩れた。ぼく＝は＝メアリーを＝見た、ぼくの＝天使、この家で、こんな＝買物袋を＝もって。きみが＝ぼくを＝家に＝連れ＝帰って＝くれた＝んだ。彼は手をさしのべ、指が彼女の腕にふれ、つたって下りた。

彼女は彼に背中をむけたまま、缶詰を食品棚に無雑作に入れた。たぶん、と彼女は考えていたのだ。あなたがもっとよく気をつけてくれていたら、まだ唇があったかもしれない。たぶん、爆弾を投げつけられているときに、マーケットにいる妻のことなんて考えるべきじゃなかったんじゃないかしら。そんなことよりたぶん、体のある部分をきちんと守り、帰ってきたら私をよろこばせてくれるようにするべきではなかったの。

でもそう口にする代わりに彼女はただ缶詰をひとつずつ積み上げ、ツナの上にキドニー・ビーンズを重ね、縁をきちんと揃えて高い塔にした。彼女はスティーヴンのほうをむいた。

あなたは生きてる、と彼女はいって、彼を抱きしめた。あなたはスティーヴン。彼は円盤を彼女の頰にきつく押しあて、キスした、＝＝＝、彼女はじっと我慢して、泣き出さないようにした。

スティーヴンは彼女の記憶していたよりもたくさん食べたので、彼女は二日後にはまたマーケットに行った。若者がいて、彼女はあのおなじシナモン味のガムを一枚、彼にすすめた。彼はにっこり笑った。

ありがとう、と彼はいって、一枚とった。

彼が小切手の裏に彼女の運転免許証の番号を控えているあいだ、彼女は彼の手の甲にさわり、こういった。あなたは気をつけてる？

彼は彼女を見上げた。どういうこと？

あのね、戦争に行かなくてはならなくなったら、どうする？　彼女の手はまだ彼の手の上にあった。

彼はガムを口に入れた。彼女の小切手のすみに小さな銃の絵を描いた。いや、と彼はいった。おれは行かないと思いますよ。逃げ出しますよ、だってね、ほら、戦争で闘うのはいやだから。つまりさ、だいたい、どうやって闘うの？　どうすればいいのか、どうやって知るの？　彼は銃から小さな弾丸が出てくるところを描き、弾丸は小切手の上縁の、彼女の名前と住所が印刷されているところの脇をずっと飛んでいった。

メアリーはうなずき、免許証を財布にしまった。

わかるわ、私もそう、と彼女はいった。私なら、どこかよそに行っちゃうな。みんなと別れてもう二度と帰れないかもしれないなんて、いやよ。身近な人に、そんなことできないと思わない？

うん、と彼は顔を上げ彼女を見ていった。わかるよ。そんなふうにして誰かを失うなんて、いちばん耐えがたいことだもの。

いや、ちがうわ、と買物袋のビニールの把手《とって》のところを手首に何度か巻きつけながら、彼女は彼にいった。そうは思わない。それは賛成できないな。何よりもいちばん耐えがたいと私が思うもの、それはね、と彼女はいった。希望よ。

夜にはスティーヴンは悪夢でひくひくした。以前は、そんなことは一度もなかったのに。むかしは夜通しぐっすりと一度も目を覚まさずに眠る人で、メアリーは彼の背中に爪をたててかたちを描き、鳥肌が小さな山の群れのように立ってはまた引くのをいつまでも見ていた。いま彼は体を急に跳ねてシーツから出たり入ったりし、彼女が以前のようにかたちを描けば鳥肌はまだ立つけれども、それで彼が落ち着くわけでもなかった。彼は何を見ているのだろう、と彼女は思った。ときには彼女は彼を起こした。

スティーヴン、大丈夫よ、と彼女はいった。ここにいるのよ。あなたは家に帰ってきたの。

彼は顔を汗に縁どられ、息を切らして、彼女を見た。＝メア＝リー、彼はかたかたという音を立てた。メア＝リー＝なん＝だ。

メアリーよ、と彼女はいった。そう。私よ。

彼があまりに強く彼女を抱きしめたので、彼女は居心地が悪かった。体をくねらしてほどき、ようやく眠りに落ち二時間ほど眠ったが、夜中にふたたび目を覚まして寝室を出た。スティーヴンは背中をむけたまま、腕をなげだし掌《てのひら》をひらいて、おなかをシーツにくっつけ、おとなしく眠っていた。彼女はテレビをつけてみたが、どの番組も筋がないか、話の途中で、何が起きているところなのかまるで理解できなかった。スイッチを押して消し、彼女は裏庭に出て、赤いペンキがはがれかかっているパティオの縁に腰をおろした。空は奇妙に明るかったが、まだ朝の気配もなかった。

地面にかがみこみ、彼女は穴を掘りはじめた。土は砂まじりでやわらかく簡単に掘れ、彼女は園芸をやってみればよかったと思った。あれって、すごくなぐさめられそう、と彼女は考えた。たぶん私に必要ななぐさめはあれなんだわ。

彼女が地面にかがみこみどんどん掘ってゆくと、穴は何十センチかの深さになった。彼女は両足をそこに入れた。

穴を掘ってみたけれど、と彼女はいった。さて、何を入れようかな？　彼女は台所を抜けてふらふらと廊下のクローゼットまで歩き、そこを開けてみると、〈戦場のスティーヴン〉のために編んだ三枚のセーターが棚にしまったミシンのそばに重ねてあった。あれだ、私の編んだセーター、と彼女はいった。彼はもう欲しがらない。ここでは誰もセーターなんて着ないし。

彼女はセーターを三枚とも外にもちだし、やさしくたたみ、一枚ずつ穴の中に重ねていった。編んでいるときのことを思い出した。スティーヴンについての歌を毛糸にむかって歌い、彼はもう死んでいると思いながらもこうすることで彼を生かしている、というふりをしていたことを。彼は死んでいるにちがいなかった。彼女はただ他の妻たちよりも自分に正直だっただけ。表編み、裏編み、結び目ごとに、彼女は彼の硬直してゆく脚の冷たさや、頬から消えてゆく血の気を感じ、温かく血管の浮き出た彼の前腕を自分の腰のまわりに感じることはもうけっしてない、彼の声が彼女の耳に称賛のことばをささやくことはもうけっしてない、とわかるのだった。

彼女は指のあいまから土をはらはらと積み重ねたセーターの上に降らせた。土は脇にこぼれ、ゆっくりと穴の空間をみたし、カラフルな袖《そで》を覆っていった。死んだセーターたち、と彼女は考えた。なんだか笑える、こんなことになるなんて。

＊

食料品店では若い男が灰色のボタン付きシャツを着て、とてもハンサムに見えた。あなたが来ればいいなって思ってた、と彼は彼女にいった。あなたのことを考えてたんです。

ほんと？　彼の肌はとても若く、とても新しかった。

すぐ終るんだけど。彼は腕時計を見た。よかったら、散歩にでも行きませんか？　川が近いし、家に帰るまえにちょっと気分転換になるから。

彼女は袋づめの店員が卵を無雑作にいちばん上に置くのを見た。

いいわよ、と彼女はいった。行きましょう。

彼女は買物袋をトランクに入れて、一拍おいて、買ったばかりのクチナシの花束をとりだした。あまりに匂いが強すぎるためだ。花嫁のような気持ちで若者を待った。すぐに彼はエプロンをはずし、はればれと、さらに若くなって、店から出てきた。

こっちです、と彼はいった。こっちに来て。すてきな花ですね。

彼女は恥ずかしく思い、花束をもってちょうだいと彼に頼み、彼は花を下にしてそれをもった。二人は並んで歩き、彼女は彼のゆったりと自信にみちた息遣いに気づき、彼の唇に気づいた。唇、と彼女は考えた。私はとてもとても唇が恋しい。

川は石の上で跳ね、川らしいゴボゴボという音を立てた。二人が歩いてゆくにつれて川の声は低く深くなり、若者は彼女に自分の将来について話した。いまやっているこれは大学の夏休み中のバイトなのだということ、いつか自分の美術用品店を持ちたいということを。おもしろそう、と彼女は彼にいった。そういう店、おもしろいでしょうね。いろいろな色の絵具《えのぐ》を買い付けるのね。

うん、と彼はいった。絵具が好きなんだ。

川は流れを速めていた。急流の音を立て、岩が波を砕き、泡にしていた。

飛びこみたい、と彼女は思った。あの岩の上で砕けてしまいたい。

彼女は若者を見た。

泳げる？　とたずねた。

ああ、もちろん、と彼は答えた。泳ぎはうまいよ。

助けてくれる？　と彼女はいった。もし私が飛びこんだら。私は泳ぎが下手なの。

あそこに飛びこんだら、っていうこと？　彼は川を指さした、もしかして彼が知らない選択肢が他にあるといけないので。あそこは冷たいよ、と彼はいった。それに流れが速い。泳げないんだったら、飛びこむのはやめたほうがいいよ。

でも、さっきもいったけど、と彼女はいった。助けてくれる？

彼は混乱したように見えた。彼女にこんなことを期待していたのではなかった。やってみるよ、と彼はいった。もし、ほんとに危険だったらね。彼は一歩あとずさりした。彼女は彼に歩みよった。

うれしい、と彼女はいった。

彼がひとつ下の段に降りたので彼は突然、彼女とおなじ背丈になり、彼女は彼の顔にむかってゆきあの唇にキスし、唇の感触を思い出した。とてもやわらかかった。彼女はしばらく彼にキスし、それから離れなくてはならなかった。唇はあまりにやわらかすぎて、やわらかさで彼女は死にそうに辛《つら》くなった。

へい、と若者はいった。いい感じ。

メアリーは地面にすわり、自分が暮らす世界にこれほどまでにやわらかいものがあるのなら生きてはゆけないだろうという気になった。自分とそれは、同時に存在《い》することはできない。とてもむり。若者は腰をおろし、また彼女にキスしようとしたが彼女はいった。

もう行かなくちゃ。私、結婚してるんだって、いったっけ？

　いいや、と彼はいった。あなたが結婚してるなんて知らなかった。彼は彼女の手を見て指輪をゆびさした。ああ、ほんとだ。これ、すごいよ。かっこいい。

　彼女はスティーヴンと円盤のことを考え、あのプラスチックの曲線に彼女の唇を押しつけ彼女の顔が彼の顔にぎゅっとくっつくまで強く押すことを考えた。彼の皮膚を通り越し骨をつらぬいてその下にあるしずかで温かい空間にまで押し入ってゆくのだ。彼女は目をつむり、二人とも武装解除して、細胞と細胞をくっつけあう。そこは、と彼女は考えた。彼の心の中で、血があふれていて、窓もドアも彼女の編み物も彼の椅子もなく、そこでなら彼女は二人の顔を自分の両手ではさみ何か赦《ゆる》しに似たものを思ってみることができるだろう。

　彼女は立ち上がり、若者は花束をもっていないほうの手をさしのべた。彼女を抱きよせたい、また彼女の気をひきたいと思いながら。

　ほんとに、と彼はいった。ぼくはあなたを助けるよ、ね、さっきあなたがいってたことだけど。

　うん、と彼女はいった。きっとそうしてくれるわよね。

　彼女は小径《こみち》を戻りはじめ、彼は彼女につづいた。彼はとても若く、自分のことばかりまた話すので、彼女はもう聞くのをやめて木々の影が地面に線をきざむのを見ていた。彼女はいくつか石ころを蹴《け》った。駐車場で彼女は手をさしだして彼の手を一瞬にぎりしめた。彼は固くにぎった。

また来てくださいガムをまたただであげる、と彼女に花束を返しながら彼はいった。オーケー、と彼女はいった。ただのガムならいつだって大歓迎。

彼は歩いていったが、混乱しているように見えた。何が起こったのかよくわからないまま、自分がふられたのかどうかもわからないまま。メアリーはクチナシを助手席に投げこみ、車に乗って家に帰った。他の買物のことは忘れてトランクに入れっぱなしだった。あとでそれを取りにゆくとだめになっているのは牛乳だけで、それは生温《なまぬる》く湿っぽい臭いを空中に放っていた。

買った食料品をトランクから出す代わりに、彼女は花を拾い上げ、家に入ってスティーヴンを探した。彼は自分の椅子にすわり昼寝をしていた。彼女は彼を見下ろすように立ち、彼が麻薬でもやっているかのように両手をひくひくと動かすのを見た。彼は彼女の家にいた。彼女の夫、生涯の恋人。帰ってきた。生き延びた。彼は去った、そして帰ってきた。彼女はまた彼を知りたいと思った。悪夢に入りこみ、彼とともにその中にいたいと。彼女自身の良い武器で悪魔たちと闘いたいと。彼のそばにつきそってあげたかったが、椅子は小さすぎて彼の脳は彼だけのものであり、溝の中に彼女が見るのはセーターとあまりに明るい空だけだった。

　彼女は手を伸ばして彼をゆすり起こそうとしたが彼女の手は空中で止まりそれ以上は動かなかった。彼女にむかってさしのべられる手はなかった。眠ったまま体を動かして、彼は短い叫び声をあげた。メアリーは絨毯《じゅうたん》に膝《ひざ》をついた。

　スティーヴン、と彼女はささやいた。あなたに会いたい、でもお家ではすべてうまくいってる。

　スティーヴン、と彼女はいった。お隣は犬を飼いはじめたのよ、私は髪を伸ばしてるわ。

　彼女はうなだれた。セロハンの包みをとって、彼女はクチナシの花束にとても注意深くキスし、ついでそれを彼のおなかに置いた。

　はい、あなた、と彼女はいった。花のおみやげよ。

　彼女は頭を低くしたままでいた。スティーヴンが動き、両目をぱちぱちしながら、クチナシの香りに目を覚ました。

　＝メアリー＝、と彼はいった。＝花＝だ＝ね、すごく＝きれい＝だ。

　彼女は両手で耳をふさぎ、泣き出した。

ボウル

私が開けてあげる。

あなたの膝《ひざ》には贈り物が載っていてそれはきれいに包んである、あなたのお誕生日ではないのに。とてもいい気分、あなたが生きていることを誰かがちゃんと知っているという気になる、でも爆弾かもしれないから怖いとも思う、あなたは自分のことを爆弾をうけとるほどの重要人物だと考えているので。

包みを開けると(カードは入っていない)ボウルが一個入っている、緑色のボウルで内側は白、果物用かサラダを混ぜるためのボウル。はてな、と思うけど、従順に四本のバナナを入れてみて、それからそれまでやっていたことに戻る。クロスワード・パズルとか。これは私をひそかに愛している誰かからの贈り物かなと思いそうであることを願うけれど、もしそうだとしたら、いったいなぜボウルを？　とあなたは思う。緑と白の果物ボウルから何を学び、何を得ればいいの？

このときあなたはいちばん最近の恋人について考え、後悔する。このときあなたは鉛筆をクロスワード・パズルの上にさまよわせたまま、壁を見つめる。このときあなたは声を立てて、ひとりで、自分にむかって笑う、いつだったか彼がクロスワード・パズルについていったおかしなことを思い出して。そしてあの眠るときには壁をむいてしまう、あなたが彼を欲しがるほどにはあなたを欲しがってくれなかったかつての恋人によって、いまでも楽しませられてしまうことに、ばかばかしい気分になる。

　あなたは多くを欲しがる。

　あなたは自分のために紅茶をいれにゆき、カップを準備しているうちに砂糖を床じゅうにぶちまける。べたべたして足の裏じゅうにくっつく。気持ち悪い。それでシャワーを浴びにゆく。シャワーのお湯でバスルームに湯気がたちこめるにつれ、あなたはいれ終えていない紅茶のことを思い出し、裸のまま急いで台所にゆき火がつけっぱなしでないことを確認する。バスルームだけがぽつんと残されて灰の山となった家。あなたはコンロの前に立つ。コンロ、消えてるわね、とあなたは声をかける。消えている。あなたは両方のバーナーを順に見て、それからオーブンの部分を見る。ぜんぶ消えてる。あなたはシャワーを浴びにゆき、体について悩んだりしない。手の代わりに石鹸《せっけん》をつけて使うパフ・ブラシで体を洗い、それがすむとあなたは新しくて清潔で解放され、誰にでもなれる。

職場。あなたの上司が死んだ。ほんとうに、上司が昨日、自宅でシャワーを浴びているうちに心臓発作で亡くなったのだと知る。最初に考えたのは自分が失業せずにすむのかということ、そして第二の考えは意地悪いもの、たとえばあなたは彼にじつはさっさと死んでほしいと思っていたというような。彼は悪い上司だった。机にむかいながらあなたは罪悪感をおぼえ、どうすればいいのかよくわからない。上司がいないとなると、仕事はどうなる? 誰に聞けばいいの? やるべきことといくつかのリストを作り、それからじっとすわったままどれにも手をつけない。あなたはあのボウルのことを考え、あれが上司の死と関係があるのか、あれはなんらかのメッセージだったのかと思う。あなたはあれはメッセージではなくただの偶然だったという結論を出す。

お昼ごはんのときあなたは蒸し野菜を注文する。自分にも心臓があるのだということを思い出して。心臓には頭が上がらない、すごくよく働いてくれるから。あなたは心臓に感謝したい。自分の胸をぽんぽんと叩《たた》いてみる。野菜がやってくるとお皿には十二切れのっている。あざやかな緑とつやのない黄色で、すてきな楕円《だえん》形や菱《ひし》形に切ってあるが、それはとっても不味《まず》いという事実を隠すため。あなたは全体にレモン・バターをかけるが、ひどいインチキだと思う。ブロッコリーをいくつか食べたあとで、あなたはまだ半分残り油で輝いているお皿を残して、兄に会うためにレストランを後にする。彼は消防署に勤めていて制服を着るとかっこいい。あなたは彼にうちの上司が死んだと告げ、彼はそれを聞いてひどく驚く。おれがそこにいれば助けられたかもしれないなあ、と彼はいう。だって人工呼吸のやり方も知っているしさ。あなたの兄はあなたとおなじ顔をしているが、もっとできのいいヴァージョンだ。あなたは男にしたほうがいい顔だ。あなたは彼を愛し彼を体に受け入れながら彼の顔をじっと見つめた女たちのことを考え、その彼の顔がほとんどあなたの顔そのままなのに、でもやっぱりぜんぜんちがうということを考える。だまされたみたいな気がする。

「アンディー」とあなたは彼にきく。「私に消防士を紹介してくれる？」

彼は笑う。「もちろん」あなたがこんなことを頼んだのははじめてなので、冗談でいってるんだろうと彼は思うだろうか、と考える。

早く帰宅する、上司が死んだから。果物ボウルはまだそこにあり、思い出すことのできない何かがあるということを思い出させる奇妙な徴。あなたはバナナをカウンターの上に戻しボウルに生温《なまぬる》いお湯を入れてみる。あなたは両手をそれにつける、これはほんとにいい気持ち。小声で歌をうたってみる。果物とボウルと生温いお湯の歌、いま作った歌だ。そのうち消防士とデートしたりすることになるのかなと思い、そうなればキスされるかなと思う。消防士はゆっくりキスするのか、それとも緊急事態的にするのか？　あなたのシャツをめくるのか、それともちょうどよくなってきたところで、水をかけてしずめようと走り出していってしまうのか？

あなたはオレンジ色のカーペットに寝そべり、目を閉じる。とてもさびしい気持ち。ドアをノックする音がして、はじめそれはあまりにさびしすぎるための空耳かと思う。するともういちどノックが聞こえ、今度はあまりにはっきりしていて幻聴ではありえない。これはいいノックではない。

あなたはのぞき穴から外を見る。スーツを着た男がいる。あなたが上司を殺したのかどうかを捜査するために来たんだろうかと思う。あなたはドアをあける。

「こちらに」と彼はいう。「ボウルをひきとりにうかがったんですが」

「何ですって？」彼の眉毛《まゆげ》は顔から突きだしていて非常に顔の彫りを深くしている。やや年配の人で、自分の人生を楽しいと思ってはいないように見える。

「果物ボウルをひきとりにうかがったんです。ボウルが一個、今朝まちがってこちらに配達されませんでしたか。きちんと包装されたのが。緑色の果物ボウルですけれども」

あなたはびっくりし混乱する、じゃあ、あれは私に来たんじゃなかったの？　あなたは水を捨て、彼に果物ボウルをわたし、彼はうなずく。彼は水の残った滴《しずく》をあなたの玄関マットに落とす。男は非常に不愉快に思っているようで、あなたはそれはあなたがやったことのせいかなと考えるのだが、ついでそれがあなたとは何の関係もないことに気づき、それで気が滅入る。彼はお詫《わ》びのしるしに軽く会釈し、ボウルをもって立ち去る。あなたは彼の出ていったドアを閉める。あなたはとり戻したい。ボウルをとり戻したい。男にむかって大声で、すみません、それは私のボウルです、包みには私の名前が書いてあって私のところに配達されてきたんです、私のボウルですよ、私のボウルを返してください、といおうと、あなたはドアをあける。でも彼は行ってしまった。あなたは歩道に出て通りをずっと見わたすが、彼は行ってしまった。あなたに見えるのは自転車に乗った三人の子供だけで、かれらは自分たちの家の車庫前の私道をぐるぐるまわっている。七歳の子たちが、私道で小さな円を描いてまわっている。自動車が来るかもしれないところに出てゆくのを、かれらはひどく怖がっているのだ。

マジパン

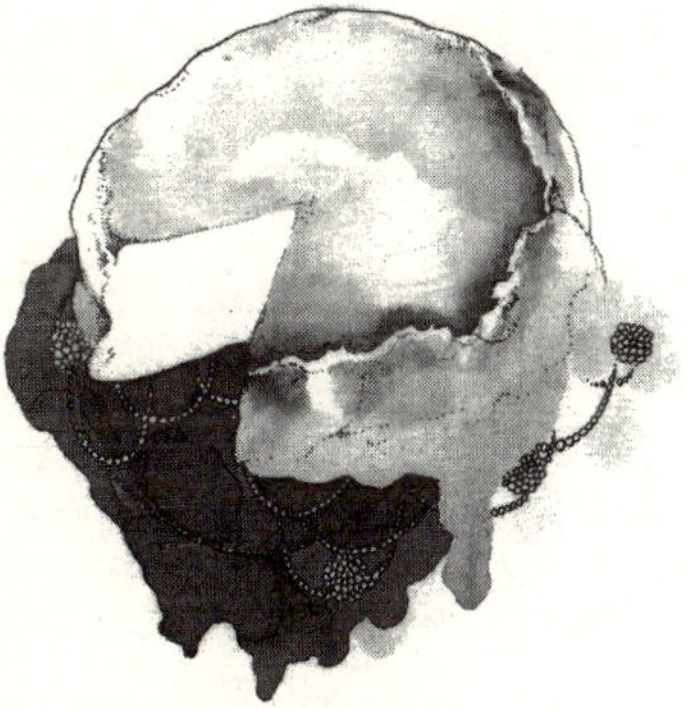

父の父親が死んで一週間後、父が目を覚ますと胃に穴があいていた。皮膚がちょっと破れたという程度の小さな穴ではなく、サッカー・ボールくらいの大きさですっかり向こうまであいてしまった穴だった。いまではまるで巨大なのぞき穴のように、彼の背後にあるものが見えた。

シャロン！　という声を、私はまず思い出す。父は鋭い声で母を呼び、寝室に呼び入れて、姉のハンナと私は外で心配しながら待っていた。離婚かしら？　私たちは不安にかられて身をよじり、私は心の中ですごいよろこびのジャンプをした。離婚には、ちょっぴりわくわくさせられるものがあるからだ。

母がうつろな表情をして出てきた。

学校に行きなさい、と彼女はいった。

いったい何？　と私はいった。ハンナは中をのぞこうとした。どうしたの？　と姉はたずねた。

両親は夕食のとき私たちに事情を話し、デザートのあとで見せてくれるといった。お皿をすべて下げたあとで、父が薄い白の下着をめくると、その下には、他の人なら胃があるところに、丸い穴があいていた。皮膚は彎曲《わんきょく》しその円周に沿って癒《い》えていた。

何なの？　と私はたずねた。

父は頭を振った。わからないんだ、そういいつつ父は怯《おび》えているように見えた。

胃はどこに行っちゃったの？　と私はたずねた。

父はちょっと咳払《せきばら》いをした。

ごはん食べたんでしょ？　とハンナがいった。食べてるところを見たけど。

父の顔は青ざめた。

どこに行ったの？　私はたずね、彼の二人の娘である私たちは答えを待った。私は十歳、姉は十三歳。

おへそがなくなってる、と私はいった。ていうか、ぜんぶおへそ、と私はいった。

母はお皿をかたづけるのをやめて顎《あご》をささえるみたいに手を首にあてた。あんたたち、と彼女はいった。しずかにしなさい。

もう父はブレスレットに通すことだってできる。巨人女の魔除《まよ》けのブレスレットに新しいミニサイズのもぞもぞ動く男をつける。巨人女たちのパーティーで他の巨人女に見せびらかすためのもの。(わあ、すごい！　と彼女たちは声をあげる。彼、とっても活きがいいじゃない？)


両親は翌日、医者に行った。内科医はレントゲンを撮り、父の内臓は傷ついていないと断言した。消化器科に行った。医師は私の父が食物を弓形に消化している、食物はループを描いて両脇から下にむかい穴を避けて通り、胃腸はずっと下に押しこめられてはいるものの、まだちゃんとあり、ちゃんと機能しているのだといった。

医師たちは父が健康そのものだといった。

両親はひんやりすずしい地下駐車場へと歩いてゆき、車に乗りこんで家にむかった。途中、ある交差点で青信号をのんびり通過したとき、母が父に車を停めてといい、父が停めると母は助手席のドアをおおあわてで開けてぶちまけるように歩道に吐いた。

二人はUターンし、お医者さんに戻った。

内科医は採血し、出てゆき、戻ってくるとウインクした。

どうやらおめでたですよ、と彼はいった。

私の母、四十三歳は、片手をおなかに当ててじっと見つめた。

私の父、四十六歳が、片手をおなかに当てると、それはまっすぐ背中までつき通ってしまった。

二人はその晩、六時十五分に帰宅した。ハンナと私は心配していた——六時が「心配の時間」のはじまりだったから。二人は二つのニュースをただちに発表した。パパは健康。ママは妊娠。

産むの？　と私はたずねた。私、下の子のままがいいんだけど。もう子供はいらない。母は自分の首のうしろをさすった。もちろん、産むわよ、と彼女はいった。特別な機会だし、わたしは赤ちゃんが好きだもの。

父はカウチにすわり、一方の手を丸めておなかの中に鳥の頭のように休ませていたが、上機嫌だった。赤ちゃんの名前はおれのパパからとろう、と彼はいった。

女の子だったら？　私はたずねた。

エドウィナ、と彼はいった。

ハンナと私がゲエーっといったので、父はおじいちゃんを敬わない罰として私たちに部屋にひっこんでいるようにと命じた。

九か月後、父の穴はまったくおなじ大きさのままで、母はうちの周囲数マイルで最大のおなかを誇っていた。お医者さんすら感心していた。私が見た中では最大だね、とお医者さんは母にいった。

母は怒った。とことんうんざりする、とその晩、夕食のとき母はいった。ものすごい目で父をにらんだ。ほんとに、勘弁してほしいわ。あなたはたいして背が高くもないのに。

父はうなった。とても誇らしく思っていたのだ。最大のおなか。いい精子だったんだなあ。

出産の日、私たちはみんなで病院に行った。ハンナは廊下をうろついて研修医たちとおしゃべりをしていた。私は母の肩のところに立ち、神経質になっていた。私はもし父がうつぶせに母の上に横になったなら、母のおなかが父の背中から突き出してしまうという事実について、考えていた。母は父のことを肉付きのいい巨大なトイレの便座カバーのように身につけることができるわけだ。父は母のおなかの上でくるくるまわる、ベージュ色のプロペラにだってなれる。

母はいきみ、顔をしかめ、いきみ、顔をしかめた。医師は母の膝《ひざ》のところに立ち大きな声で励ましの言葉をかけた。もう少しだぞ、そうそう、さあいくぞ——すると！

でも赤ちゃんは予定どおりには出てこなかった。

ようやく母の両脚のあいだから頭が出てきたとき、医師はショックをうけて茫然《ぼうぜん》とした顔になった。彼はまじまじと見つめた。いきんで、いきんで、と怒鳴るのをやめ、声は嗄《か》れはててしまった。私はいったいどうしたのか見ようと、医師のそばに行った。そして私が見たのは、母の太腿《ふともも》のあいだから見えている頭が赤ちゃんの頭ではなく老婆の頭だということだった。

なんということだ、と医師はいった。

母が身を起こした。

私は目をぱちぱちした。

どうしたんですか？　と父がいった。

ハンナが入ってきた。私何か見逃しちゃった？　と彼女はきいた。

老婆は残りを自力で蹴《け》るようにして出てきて、腕についた糸を引くねばねばを拭《ぬぐ》い、医師の手術用鋏《はさみ》をつかむと、自分でへその緒を切った。彼女は泣かなかった。彼女ははっきりいった。ありがたいこった。最後のころには、中がとても暑くって、気絶するかと思ったわ。

何よこれ、とハンナがいった。

母は自分のまえにある見なれた皺《しわ》くちゃの顔をじっと見た。母さん？　母はかすかな声でいった。

女はその声にふりむいた。おまえ、いい仕事をしてくれたねえ、と彼女はいった。

母さん？　母は片手を自分の耳にあてた。ここで何をしてるの？　ママ？

私はずっと目をぱちぱちし続けた。医師は言葉を失っていた。

母は父のほうをむいた。待って、と母はいった。待ってよ。フロリダで。お葬式。待って。あれって、たしかにあったわよね？

老婆は答えず、手首についた血糊《ちのり》をこすりとり、それを床にふり落とした。

父は声をとり戻した。おれが悪かったんだ、と父はか細い声でいい、首をうなだれて、シャツをめくりあげた。医師はじっと見た。母が手を伸ばし、シャツを引き下ろした。

ちがうわよ、と母はいった。診てほしいのはわたし。

ハンナがさっと歩み出て、あっけにとられている医師を脇にどかせ、様子を見ようとした。

赤ちゃんはどこ？　彼女はたずねた。

母は両腕で自分を抱きしめるようにした。知らない、といった。

あたしよ、母の母親がいった。

こんにちは、おばあちゃん、と私はいった。

ハンナが笑い出した。

医師は咳払《せきばら》いをした。みなさん、こちらがお宅の赤ちゃんです。

祖母は皺だらけの脚を床に伸ばし、小さな老いてしなびた体で、バスルームへと歩いていった。ドアの近くに重ねられた中から、白い縮緬《ちりめん》の入院服を選んだ。ひっかかるところのないヒップが浮き出た。目をつむってなさい、子供たち、と彼女は肩ごしにいった。年寄りの裸なんか見たくないでしょう。

医師は、忙しい忙しい忙しいとつぶやきながら退場した。

母は床を見ていた。

ごめんなさい、と母はいった。目に涙を浮かべていた。

父は掌《てのひら》で母の頬に触れた。私はハンナの腕をつかみドアの方にひっぱっていった。

私たち、外にいるから、と私はいった。

出てゆくとき、母の声が硬くなっていくのがわかった。九か月！　と母はいっていた。もし生まれるのが母さんだなんてわかってたら、少なくとも煙草の二、三本は吸ってたわよ。

廊下で私はハンナをじっと見つめ、彼女は私をじっと見つめ返した。エドウィナ？　と私がいって私たちは体を二つに折って大笑いし、あまりにばか笑いしたので私はおもらしをしてしまうまえにお手洗いにかけこまなくてはならなかった。

＊

その午後、私たちはみんなで車に乗って家に帰った。おばあちゃんはうしろの席、私とハンナのあいだで、ずっとむかしに自分で編んだ赤ちゃん毛布にくるまっていた。

これは覚えてるわ、と祖母はそのやわらかいピンク色の織りに指をふれながらいった。

いい仕事をしてるわね。

父は運転しながら、自分の穴に手をつっこんでいた。

胃のない赤ん坊になるかと思ってたよ、と父は前で母にいった。こんなことは考えてもみなかったたな。

父は腕を母の肩にまわした。

おれはきみの母さんが好きだよ、と父は母の腕を撫《な》でながらいった。

母は硬くなった。わたしもよ、と母はいった。それで？

私は父の父親のお葬式には行かなかった。テキサスだったし、私の喉《のど》の炎症が治ったばかりだったので、ハンナと私は週末のあいだお隣に預かってもらったほうがいいだろうということになったのだ。日曜日にはわたしたちのことを考えて、と母がいった。私は日曜日に黒いオーバーオールを着たがハンナは反抗して紫を着て、私たちは二人でお隣の鉢植え植物のひょろひょろした根っこのところに、私たちの髪を切って埋めた。

両親が帰ってきたとき、私は父にどうだったとたずねた。父は目をそらした。さびしかったよ、と父は早口で、首すじをかきながらいった。

泣いた？　私はきいた。

泣いたよ、と父はいった。おれだって泣くさ。

私はうなずいた。いちどパパが泣いたの見たことがあるわ、と私は証言した。覚えてるよ、国歌のとき。

父は私の腕をぽんぽんと叩《たた》いた。とてもさびしかったんだ、と彼は大声でいった。

すぐそばにいるんだから、と私はいった。大声でいわなくてもいいよ。

父は壁際にゆき、額縁に入れてあるエドウィンおじいちゃんの若いころの白黒写真を乱暴にはずした。

ほんとにハンサムだったね、と私がいうと、父は手を私の頭のてっぺんに置いた——それはいちばん重い、最高の帽子。

病院から家に帰ると、ハンナと私はおばあちゃんをお客さん用の寝室に案内し、両親は居間でぐったりした。父は当惑しきった顔でカウチに横になり、母は床にあおむけになって腹筋をはじめた。

母さんがわたしの体の線を台無しにしたりしたら絶対に許さない、と母はつぶやいた。あの糞《くそ》ばばあ。

私は砂蟹《すながに》についての本を居間にもってきて、カウチにすわって読むふりをした。ハンナはただちに電話にかかりっきりになった。やー、それがほんとなの！　彼女がいうのが聞こえた。ほんとだってば！

父は母を見ていた。頭、膝《ひざ》。上がって、下がって。

少なくともきみは腹筋ができるわけだ、と父はいった。

母は体を起こし、歯をくいしばり、体を倒した。いい精子だったわね、と母はほとんど吐き捨てるようにいった。

奇跡の精子だよ、と父がいった。

ちょっと、と私はいった。子供がいますよ。

奇跡？　母がいった。だったら、あなたのパパにすればよかったのよ。あなたのどうしようもない染色体に、彼を再生してもらえばよかったじゃない。

母のお乳がむだに漏れてTシャツを濡《ぬ》らした――お乳のしみでできた曇った両目が何も見ないままに天井を見上げている。母は腹筋を百回やると、ぺったり横になった。

ママ、と私はいった。大丈夫？

隣の部屋のハンナの声が聞こえた。十月に死んだのよ、といっている。うん、すっかり見てたのに。

母は頭をこちらにむけて私を見た。いらっしゃい、と母はいった。

私は本を置き、母のそばにゆき、ひざまずいた。

母は片手で私の頬にさわった。いい子ね、と母はいった。わたしが死んだら？

私の両目は、みるみる涙でいっぱいになった。

死なないで、と私はいった。

すぐじゃないわよ、と母はいった。わたしはとても健康だもの。しばらくは大丈夫。でも死ぬときになったら、と母はいった。あなたは、わたしに行かせてね。

私は母の母親のお葬式には出ることができた。だいたいハンナのそばにいたのだが、親《しん》戚《せき》の大部分がぼつぼつと帰っていったあとで、私は母が白いカウチの片隅で体を丸めているのを見つけた──頭を背もたれに載せ、やつれた顔をして。

私は母の隣にすわり、腕の下にもぐりこんで、いった。ママ、すごくさびしいのね。

母は頭を動かさず、ただ私の髪を撫でていった。そうね、でもわたしは、さびしいだけじゃなくて。

だけじゃなくて何だったのか、私が聞くことはなかった。そうする気にならなかったのだ、母のその口調を聞いたら。


母が腹筋をやめたのはその晩、十時半のことだった。私がベッドにゆく時間はすぎていて、私は明りを消しちゃんと寝床に入っていた。ハンナが眠ってしまうまで、私たちはくすくす笑っていた。

私、ハンナを生むかもね、と私は自分のおなかをさすりながらいった。

彼女はためいきをついた。わたし、自分を生むかもね、と彼女はささやいた。

そんな発想は思ってもみなかった。すごい年寄りの、と私は小さな鋭い声でいった。

しばらくすると姉は私の質問に答えなくなった。私は自分のおなかをつっつき、それがまだちゃんとあること、まだ普通のサイズであることを確かめた。おなかはぐるぐると唸《うな》り声を返した。

私は母が居間で大きく息を吐き、規則正しく数をかぞえるのを聞いた。三百五、三百六、それで止まった。

そっとベッドから抜け出して、私は爪先歩きで廊下に出た。父はカウチで眠っていて、母は本棚を整理していた。横倒しに置かれた本を、縦のすきまに入れてゆくのだ。

ママ、と私は呼んだ。

母はふりむかず、ただ一方の腕をさしのべたので、私はすぐにそれに飛びついていった。

わたしの赤ちゃん、と母がいって、私は花が咲くようにうれしかった。

私たちはカウチに腰をおろし、体を寄せあい、私は両膝をVの字にして母の太腿に載せた。母の脇腹は腹筋のせいでいつもより温かく、少し湿ってさえいた。母は頭をかたむけて私の頭にくっつけ、二人で正面にある、象牙《ぞうげ》色に茶色い点々のついた閉ざされたカーテンをじっと見ていた。

おなかがすいた、と私はいった。

わたしもよ。

私たちは立ち上がり冷蔵庫にむかった。スパゲッティの残りがあった。母は冷凍庫のドアをあけ、ひっかきまわして、ケーキの半分をとり出した。

そこにケーキが入ってるなんて知らなかった、と私はフォークに巻いた麵《めん》を口につめこみながら、もぐもぐといった。

それは外側がチョコレートで、丁寧にラップがかけてあった。

これはおばあちゃんのお葬式のときのよ、と母は私にいった。

私は目をぱちぱちした。まさか、と私はいった。あのマジパンの？　私、あのケーキ、大好きだった。

食べたの？　母はラップをはずした。

少なくとも三切れは食べたよ、と私はいった。あれがお通夜の食べ物では、だんとついちばんおいしかったもん。

母は私に薄い一切れを切って、それを私のテーブル・マットに置いてくれた。

十歳の子はだいたいマジパンなんて好かないものよ、と母はいった。おばあちゃんは大好きだった、マジパンが、と母はいった。おばあちゃんの好みをうけついだにちがいないわね。

私はその縁をかじった。冷凍してあったせいで、冷たくてざらざらしていた。

おいしい、と私はいった。口の中にひろがるアーモンドのペーストを味わいながら。

母は自分にもひときれ切り分け、水切りかごからフォークをとって、私とむきあってすわった。

どうしてこれがあるの？　私はたずねた。

母は肩をすくめた。ウェディング・ケーキをとっておく人だっているじゃない、と母は食べながらいった。

朝、父は自分の父親の写真を膝に載せていた。

エドウィン、と私はいった。ハンサムなエドウィンおじいちゃん。

父は私を抱きよせた。エドウィンおじいちゃんのふさふさした髪は、茶色でカールしていた。

ほんとにケツの穴《いやなやつ》だったよ、と父はいった。

私は笑い出した。大きな、本気の笑い声。

父は私の口を覆い、私は父の掌《てのひら》にむかって笑った。

しぃっ、リサ、と父はいった。笑っちゃいけない。

おかしいもの、と私は小声でいった。

死者を笑ってはいけない、と父はいった。

まだちょっぴり笑いが残っていたので私はそれをはきだしたが、それはもうそのときには、おなかをかかえる大笑いの半分の大きさになっていた。

穴はどう？　と笑いがおさまってから私は聞いた。痛い？

いいやー、と父は答えた。こんなの何でもないよ。

見てもいい？

父は薄い下着をめくった。

さわっていい？　と私はたずねた。父はうなずいた。私は円の内側をおそるおそる指先でさわってみた。皮膚はちゃんと皮膚らしかった。

どこに行っちゃったんだと思う？　私はたずねた。

何が、皮膚かい？　と父はいった。

ぜんぶ、と私はいった。皮膚とか、ここにあったあばら骨とか、胃液とか、ぜんぶ。

まだぜんぶあるんだと思うよ、と父はいった。ただ脇に押されてるだけだろう。

かっこいいじゃない、と私はいった。父のまわりでおこなわれる、ちょっとバスケットボールみたいな新しいスポーツを想像していたのだ。

父はシャツを下ろし、幕が下りた。おれはそうは思わないな、と父はいった。でも死にはしなかったからね、といった。それには感謝してるよ。

*

夕食で祖母はどろどろした豆の汁に小さなソーセージが浮かんだ、お得意のスープを作ってくれた。

これ食べたかったよー、と私はいった。これがまた食べられるなんて思ってもみなかったなあ。これ、私が世界でいちばん好きなスープ。

ハンナはさっさとパンを一切れちぎって入れて、ボウルじゅうをフォークでつさし、かき回している。

みんな手をつなぎましょう、いただくまえに、と母がいった。

私はスプーン一杯分を口に入れてしまった。

私はハンナと祖母の手をにぎった。一方はやわらかくてべたべたし、もう一方もやわらかくてべたべたしていたけれど、別のやわらかさで、別のべたべたさだった。

母は目を閉じた。

うちではお祈りなんてしないじゃない、と私が口をはさんだ。

きょうはするの、と母はいった。

私は頭を下げた。

それで何ていうの？　私はぷくぷくと動いているスープをのぞきながらたずねた。パンについてのお祈り？

しぃっ、と父がいった。黙禱《もくとう》なんだから。

いや、ちがうわ、と母がいった。まだ考えているところ。

いたーい、とハンナが父にいった。そんなに強くにぎらないで。

感謝することになってるんじゃないの、と私はいってみた。

ハンナがこっちをむいて、私を睨《にら》みつけた。だまりなさい、と彼女はいった。考えさせてあげればいいじゃないの。

祖母は黙って、自作のスープの匂いをかいでいた。

お塩が足りないね、と祖母はささやいた。

母が顔をあげた。

何ていえばいいのかわからないわ、と母はいった。考えこんで、眉《まゆ》のあいだに皺《しわ》が寄っている。

いま作りましょうよ、と私はいった。私はハンナとおばあちゃんの手をぎゅっとにぎり、同時に二人も、私の手をにぎり返してきた。

私からはじめるね、と私はいった。それから順番にいうのよ。

母はほっとしたようだった。いいわ、と母はいった。いい考え。

ありがとうございますといいたいと思います、と私ははじめた。両親と姉に、そして特別に姿を現わしてくれたおばあちゃんに……私はハンナのほうを見た。

……そして最高のスープであるおばあちゃんのスープに、それはわたしたちが食べることになっていたあの魚の料理よりずっとおいしいです。姉は父の顔を見た。

父は咳払《せきばら》いをした。ふつう、いいお祈りには、ぶじ生き延びたことについての言葉が入ってるもんだよ、と父はいった。それに、感謝します。

母が父をじろりと見た。なんだかすごくよそよそしいわね、と母はいった。

父は肩をすくめた。おれはいいと思うよ、と父はいった。生き延びるというのはおれには大切なことだもの。

母は私たち全員を見わたし、私には蠟燭《ろうそく》の炎が母の目のそばでゆらゆらきらめいているのが見えた。母のまなざしは祖母をじっととらえていた。

私たちはみんな待った。

ママの番よ、と私はいった。忘れているといけないと思ったのだ。

母は私を見なかった。立ち上がり、つないだ手をほどき、自分の母親のすぐそばにすわった。

父はスープを食べはじめた。

母さんのお葬式のときのケーキがあるのよ、と母はいった。

私はどきどきするのを感じた。私はハンナの手をぎゅっとにぎりしめた。姉は痛いといった。

ケーキ？　祖母はいった。どんなケーキ？

マジパンのケーキよ、と母はいった。

祖母はほほえんだ。マジパン？　あたしのいちばん好きなやつだわ。

私は立ち上がった。私がやりたかったのだ。冷凍庫にゆき、扉を開け、がさごそと探り、三枚目の製氷皿の下につっこまれている小さなフットボールみたいなケーキを見つけた。

はい、と私はいった。これよ。

母はそれを私の手から奪いとった。

ちょっと味見するだけよ、と母はいった。

みんなで食べよう！　と私はいった。みんなでお葬式のケーキを食べられる！

ちょっとだけにしといて、と母はいった。

えー、いいじゃない！　と私はいった。五つに分けようよ。

母は私を見た。

オーケー、と母はいった。五つね。ケーキを切り分ける母の顔は皺がふえ疲れて見えた。

私はみんなに一切れずつわたした。祖母は自分の分にすぐにかじりついた。

むーん、と祖母はいった。おいしい、これはおいしいわ。

母は自分の分を食べなかった。それをラップに包みなおした。

祖母は食べつづけ、うーむと声を出しつづけた。私は自分の分をかじった。ハンナは自分の分を私にくれた。マジパンが大嫌いなのだ。私は姉を抱きしめそうになった。父は自分の分を、まるで前菜みたいにすぐに食べてしまった。

覚えてるわ、と母はいった。わたしたちみんな、母さんはこれが好きだろうなあって思ってたの。わたしたちは、母さんはこれをよろこぶだろうなあっていってたの。

祖母は唇をなめた。大好きよ、と彼女はいった。祖母は指さした。あんた、自分の分、食べるの？

いいえ、と母はいった。

もらってもいい？　と祖母はたずねた。こんなにおいしいマジパンは、いったいどれだけぶりかわからないわ。

だめよ、と母は自分の分を指で隠しながらいった。わたしは自分の分をとっておきたいの、と母はいった。

おい、いいだろう、と父はいった。ケーキくらいあげなさいよ。だいたい、お義母《かあ》さんのお葬式のケーキだったんじゃないか。

私は自分の一切れを食べてしまった。まだハンナの分が残っていた。

はい、おばあちゃん、と私はいった。ハンナはいらないっていうから。私は白っぽい一切れを祖母のお皿へとすべらせた。

ありがとうねえ、と祖母はいった。

わたしは自分の分をとっておく、と母はくりかえした。

ハンナはスープを食べはじめた。彼女のスプーンはボウルにぶつかり、鈍いかちゃかちゃという音をたてた。

スープおいしいわ、おばあちゃん、と姉はいった。

むうん、ふうん、と父はいった。

母は自分の席にじっとすわっていた。ラップをかけたケーキは母のスプーンの脇に置かれていた。母はスープに手をつけなかった。ソーセージは浮かぶのをやめて、じっとしていた。

いらないのなら私が食べてあげるけど、と私は母にいった。

母はボウルを押してよこした。私はスープを食べているあいだ自分が母なのだというつもりになった。私が食べているのだけれど栄養は母に行くのだと想像した。

食べ終えると、私は訊《き》いた。席を立ってもいいですか？

誰も返事をしなかったので、私はそのまますわっていた。

どうかおしずかに

図書館ではそこ以外はしずかだ。

奥にある部屋で、女が男の下から這《は》い出してきた。さあ、犬みたいに入れてと彼女は彼にいう。彼女は枕に両手でしがみつき彼は彼女の背後で息をして、熱い息が彼女の背中をつたい背中は汗をかきはじめて彼のおなかの下ですべる。彼女は彼に顔を見られたくない、なぜなら顔は内側からふくらんで、赤くものすごい形相で、淡い白の壁にむかってしかめ面をしているから。彼女が自分を彼にむかって押し返すために片手をつくと、壁はひんやりする。押し返し、男のおちんちんで体をいっぱいにするのだ、もう中には他に何もなくなり、ただただおちんちんだけになるまで。

女は図書館員で今日、彼女の父親が死んだ。彼女は朝、泣いている母親から電話をもらい、吐き、それから着替えて仕事にきた。背中をぴんとまっすぐにしてデスクにむかい、いつもベストセラーを借りるために図書館にくる若者に彼女はとても礼儀正しくたずねる、最後にセックスをしたのはいつだったかとたずねる。彼は妙な声を出し彼女はシィーッという。ここは図書館ですよ。彼女は髪をひっつめにし眼鏡をかけているが、誰もが図書館員をめぐる妄想を抱いているし、彼女はこの見かけの下で、とてもいい体をしている。

ぼくは妄想を抱いていますよ、と彼はいう。図書館員さんに。

彼女は彼にほほえむが、もとの質問をくりかえす。アレに関してまったく未経験な新人は欲しくないが、かといってとんでもない女たらしもごめんなのだ。これは彼女にとって大切なおまんこだから。彼は彼女に二、三か月前でしたと答え、はにかんではいるものの正直に、そして希望にみちて見える。彼女はそれはいいわといい、奥に図書館でめまいがしたり気持ちが悪くなったりした人（それは驚くほどしばしば起こる）のためのカウチが置かれた部屋があるから五分後にそこに来られる？　と彼に訊《き》く。彼はうなずき、もうこのことについて頭の中でのひとりごととして友達に自慢しはじめている。彼は緑の目をして、まだ皺《しわ》がない。

二人は奥の部屋で会い彼女は小さな窓のブラインドを下ろす。このセックスが彼女を引き裂き殺してしまうものになることを彼女は願っている、なぜなら父の死にどうむきあえばいいかわからないから。彼女は父が死ねばいいとあまりに何度も願ってきたので、いまでは願望と現実の区別をつけるのがむずかしい。本当なの？　ほんとに死んじゃったの？

彼女は父親にほんとに死んでほしかったわけではなかった。彼にむきあって彼の体にナイフをつきたてることを想像していたときに彼女が意味していたのはそれではなかった。父親が実際に死んでしまうことを願っていたのではなかったのだ。あの電話は自分の想像ではなかったかと彼女は思うのだが、母の声がどんどんどんどんかん高くなってゆくのを覚えているし、それはあまりにリアルで真実で耐え難くて誰か他の男とおまんこをしたくなる。男はいま疲れてしまったが、信じられないことが起こったという顔で、にやにや笑っている。こんどはいつここに来られるかと考えているのだが、彼女はもう二度と彼を欲しくはならないと確信している。彼女は髪をおろし眼鏡をはずし服は床にあり彼女はおまんこされた図書館員で彼は彼女のことを崇拝のまなざしで見ている。彼女は彼の手首をぎゅっとにぎり、ついで平常に戻ることに集中する。十分後、彼女はまたフロントデスクにいてどこかの子供にむかって10番通路のところにあるすてきな本のことを教え、あなたは身をかがめて彼女の匂いをかいでみないかぎり絶対に何も気づかない。

図書館の丸天井には踊る妖精《ようせい》たちの絵が描かれている。腕をからめあって髪を風になびかせている。図書館にいるとき人々はかなりよく天井を見上げるので、この絵はよく知られている。図書館員は頭をうしろに投げ出してひとつ深呼吸をする。妖精たちのひとりには口がない。それはさしこむ太陽の光に焼けて消えていて、妖精は妖精仲間のことを無言の紫色の視線で見つめている。図書館員はこれを見るのが好きではなくて、その代わりに彼女の図書館の現在の利用者数を調べるために視線を落とす。

彼女はこの日、ざっと見わたして、魅力的な男がとてもたくさんいるのに驚く。いたるところにいる。きれいな手でページをぱらぱらめくる男たちが、木のテーブルにむかって身をかがめていたり、通路に背筋をのばして立っていたり。この日、彼女の父親の死んだ日に、図書館員はこれまでに感じたことのなかった欲望に圧倒されて、こんな男たちがもうひとり彼女のデスクに来てくれるのを待っている。

それには五分かかる。

こんどはベストを着たビジネスマンだ。釣りの本について彼がたずねると彼女は誘いをかける。彼の顔がぱっと明るくなり彼の目ははっきりと少年のそれになり、彼が七歳のときに知っていた図書館員を見てしまう。その人は丸いふくらはぎで低い声をしていた。

彼女は彼を奥の部屋に連れてゆく。彼はおそるおそる一歩を踏み出し、ついでウォール街の雨のように彼女に降りかかる。彼のスーツは床に大きな山を作り、彼女のドレスは下へ、下へ、とひとつずつボタンをはずされてやがて彼女は裸になり汗が彼女の背中にふたたび溜《た》まる。彼女はすっかり名残りを消してからボタンをはめる。この男もまた彼女に会いたがり、結婚してもいいかなと思っているのだが、彼女は歯を見せずにほほえんでいう、あのね、これは一回こっきり。ありがとう。

そうしたければ彼女はこれを永遠につづけて、多額のお金を請求しお金持ちになることもできるだろう。彼女はすばらしい体をしている、たっぷりとゆたかなおっぱいをして、背中はおもちゃみたいに曲げられる柔軟な曲線でできている。彼女は両脚を第三番の男に巻きつける、この男は長髪のアーティスト・タイプで彼女は髪をほどき彼が彼女の眼鏡をはずし彼女は彼に思いきりおまんこし、彼は身震いしうめき声を立てそうになるのだけれど彼女はずっとシィーッ、シィーッといいつづけそれが彼をとてもよろこばせるので彼女は彼が黙ってからもまだいいつづける。

この日の午前は平常どおりにすぎてゆく、ただ彼女がさらに三人の男とおまんこをし、定期的にかれらに自分のデスクをチェックしにゆかせたことを除けば。それはすべて沈黙のうちにおこなわれ、その間にも人々は木の床をゆきかい印刷されたことばをさらに別の印刷されたことばと取り替えている。

昼食後、筋肉男が図書館にやってくる。

彼は日焼けして魅力的で腕ははちきれそうな風船のようにシャツからはみだしている。彼は巡業中のサーカスで、骨をくわえた犬を抱いた子供を肩車した大人がすわる椅子を載せた机を持ち上げている。彼はそれだけぜんぶを持ち上げて絶対に何も落とさず観客は喝《かっ》採《さい》する。

彼は本を読むのも好きだ。

彼がこの図書館に来たのは、そこが興行中の大テントにいちばん近いから。サーカスではくたびれる一週間だった。ライオン調教師が癇癪《かんしゃく》を起こして辞めてしまい、ライオンたちがずっと吠《ほ》えつづけているからだ。ライオンたちは調教師を恋しく思い、他の誰もライオンたちをかわいがってやることはできない、だって何しろライオンなのだから。図書館にやってきた筋肉男は、ほっとして、静寂の中で息をつく。彼はただちに図書館員に気づく、とても注意深い観察者だけにわかるように彼女がわずかに唇をゆがめてデスクにすわっているそのようすに。彼は彼女に近づき、彼女は驚いた顔で彼を見る。この時点で図書館員は図書館中の人が何が起きているのかに気づいてしまったと思っているのだが、実際には、そんなことはない。図書館にいる大部分の人はただいつもより暑いなと思い、なぜかしら本に集中できずにいるだけなのだ。

図書館員は筋肉男を見て、欲しくなる。

五分後に、と頭を奥の部屋にむけながら、彼女はいう。

筋肉男はうなずくが、彼女が何のことをいっているのかはわからない。彼はそのまま古典の棚を見にゆくが、五分後には好奇心にとらわれて、呼び出しにしたがう。

奥の部屋にはカウチがあり壁はベージュ色だ。部屋に入ったとき、彼はセックスの匂いの充満に驚く。匂いがあまりに隅々までみたしているので、転びそうになる。図書館員は灰色で彼女の体ぜんたいを覆い隠すドレスを着てカウチにすわっている。ドレスの中心には真珠貝のボタンが並び、そのひとつはたまたまはずれたままだ。

問題なのは、この筋肉男は自分が図書館員に妄想を抱いているかどうか、あまり確信がないこと。もっと確かなのは、彼は自分が持ち上げられるかぎりのものを持ち上げるのが好きだということ。それで彼は太い腿《もも》をした男ならではのぎこちない歩みで彼女に近づき、彼女を持ち上げる、カウチも何もかもいっしょに。

へーい、と彼女はいう。下ろして。

筋肉男は肩の感触を好んでいる、何か重要なもの、生命の重みを、背中に感じることを。

へーい、と彼女はまたいう、ここは図書館よ、下ろして。

彼は目に見えない観客にむかって彼女をやさしく回転させ、彼女は頭をさっと下げる、照明にぶつからないように。

彼はドアをあけカウチをもったまま外に出る。彼は思慮深いので、ドアのところでは彼女が頭をぶつけないようにカウチを下げてくれる。彼女は彼にむかって怒鳴《どな》りたいのだがここは図書館だ。

彼女がおまんこした男たちのうち二人はまだ図書館にいて、第二ラウンドを期待している。男たちはびっくりし、本の列のあいだをパレードの山車《だし》のようにカウチに乗ってすすむ彼女を見ると、なぜかひどい嫉妬《しっと》を感じる。ベストを着たビジネスマンは本を一冊かかげて、一瞬ののち、それを彼女に投げつける。

クレオパトラのつもりか！　とビジネスマンはいい、彼女は頭をさっと下げて悲鳴をあげ、ついで口に手をあてる。彼女の父親のお葬式は明日だ。そのためにも図書館はしずかでなくてはならない。本は彼女の頭上を飛び過ぎ、机にむかって雑誌を読んでいる、図書館の常連の男性にぶつかる。

男性は怒って、それを投げかえし、たちまちあちこちで大騒ぎがはじまり、ページは雨のように降り、舞い上がる埃《ほこり》が彼女の顔にまで届く。本は飛びながら音をたて図書館員は顔をおおってしまう、なぜなら彼女は本たちが銃で撃たれたようにだらりと開いて散乱している床など見るに忍びないからだ。

筋肉男は気づきもしないようだ、本が何冊も、彼の脚や腰にぶつかっているのに。彼は爪先立ちになって、彼女を図書館の天井まで持ち上げる。

立ってごらん、と彼はカウチの下からくぐもって聞こえる低い声で彼女にいう。立っても、おれがバランスをとってあげる、きみが立っても大丈夫。

彼女は他にどうすればいいかわからず、下から彼が自分を上に押し上げるのが感じられる。彼女は両足に力を入れて立ち上がり、指で天井の巨大な絵にふれる。夏の風景の中で踊っている妖精たちの絵だ。ただちに彼女はあの口のない妖精を見つけ、いつももっている鉛筆をとりだそうとお尻《しり》のポケットに手を伸ばす。髪が垂れ下がる。爪先立ちになると、彼女は妖精の口があるべきあたりの天井の曲線にふれることができる。

動かないで、と彼女は筋肉男にささやくが、自分の力にうっとりとしている彼には聞こえない。

彼女は鉛筆をにぎりもう一方の掌を天井について体を安定させて妖精の鼻の下に口を描く。彼女はそれを大きくにっこりとした、踊りにふさわしいほほえみにしようとし、鉛筆の線を二、三度なぞって濃くする。彼女が立っているところからは、それはすてきに見える。図書館にさしこむ太陽の光に温められた、絵からほんの数インチ下の、彼女のいる場所からは。

翌日になって、父親が地面に埋められる一時間前、本を片づけるために職場にきたときはじめて、彼女は妖精の輪が姿を変えていることに気づく。笑っている妖精たちが紫の目をしたひとりの妖精をひきずり、明らかに意志に反して踊らされているその妖精は、輪の動きにむりやりひきこまれ、口を大きくあけ悲鳴を上げているのだ。

皮なし

レニーが電話をかける権利は、彼のベッドの板に鉤十字《かぎ》が刻まれているのが見つかったとき、とりあげられた。オーシャン・ハウスに来て三日めのことだ。スタッフは立ち入り禁止の部屋で白いスチロール製カップのコーヒーで手を温めながら、この罰を与えることを一時間話し合って決めた。活動指導員のジル・コーエンは、レニーがデイモン――自分で自分の腿《もも》を突き刺した子――とビリヤードをしているあいだに彼の部屋に入り、鉤十字を四つの箱に変え、その上に屋根と煙突をつけた。彼女はこの煙突から煙が出ているようにしたかったのだが、フォークでは曲線はうまく彫れなかったため、暖炉が冷たいままであきらめた。

ジルは一日おきに四十五分の道のりを車でやってきて、オーシャン・ハウスで暮らす家出少年少女たちの夜のグループ活動を指導していた。これは彼女が大学を出てはじめての仕事で、仕事がもらえたとき彼女はわくわくした。「この子たちはほんとに問題が多いっていうけれど、ほんとにいい子たちなの」と彼女は大学時代のルームメイトにいった。ルームメイトは本でいっぱいのバナナの箱をかかえて何もいわずにドアから出てゆくところだった。「幸運を祈るわ」と二人はいいあって、それで大学時代が終った。ジルにはマシューという名の新しい恋人がいた。彼はせきこむほど辛い食べ物が好きだった。彼の体は明るい色の、きらきらした毛でおおわれていて、ベッドで、サイドランプをつけていると、ほとんど輝いているように見えた。セックスをしながら彼に抱かれているとき、彼女はときどき彼の皮膚をひっかき、いくつかの層がぺらりと剝《は》がれてしまうまで爪でくりかえしひっかき、その肉のさやの下では彼がすっかり真珠でできているのを発見するということを夢想した。

どうやって？　と彼女はついつぶやき、彼は笑い口に軽くキスするのだった。

彼女は自分の乳房がふくらみはじめた日のことをよく思い出した。ふだんはオリーヴ色の皮膚が赤味をおびた、放射状に伸びた線でどんな風におおわれたかを。まるで彼女の体の宝物のありかをしめす、新しく見つかった秘密の地図のように。

レニーが家出したのは兄のジョーダンが家を訪ねてきたからだった。ある午後、友達の家から帰ってきて、レニーはジョーダンの緑色のトラックが斜めに停められ車庫の前をふさいでいるのを見た。レニーはまるでそこが自分の家だと気づかなかったようにそのまま歩きつづけた。歩きながら、彼は口の中につばをためた。少しでも肌が黒いやつを見かけたときのために。彼はまっすぐ一時間以上も歩いてオーシャン・ハウスのたわんだ建物にたどりついた。二週間ばかりいられればそれでいいし、食事はまずまずだということだし、運がよければ〈抵抗〉の他のメンバーに会えるとも聞いていたからだ。

ジルは母親との電話を切って、鋭い目でマシューを見た。彼は片方の膝《ひざ》にテレビのリモコンを載せて、ソファにすわっていた。「あのね」と彼女はいった。「私たちに子供ができたとしたら、その子たちは正式にユダヤ人になるのよ。そのことはわかってるでしょう?」

彼はうなずいた。彼の目はテレビを観ていた。

「私はそれでいいと思うんだけど。あなたが子供たちにキリストについてすべてを教えることがすごく大切だと思っているのでなければね。あなた、キリストを信じてるわけじゃないでしょう?」

「別に信じてるわけじゃないけどさ、ジル、おれたちは結婚なんてしないよ」

「わかってる」と彼女は自分の耳たぶをひっぱりながらいった。「もしかしたら、っていうこと」

「ジル」と彼はいった。「結婚なんてしないよ」

けれども彼女は結婚を頭から追い出すことができなかった。式にはラビと司祭が両方来て、司祭は少年のように手の甲がつるつるして毛がないだろう。彼女は眉《まゆ》をひそめてマシューのそばに歩みよった。「そんなにはっきりわかってるんだったら」と彼女はいった。「なぜつきあってるの？」

マシューは彼女を膝にすわらせた。「仕事に行くまで、どれだけ時間がある？」

「三十分」と彼女は彼の手首の上をぼんやりとこすりながら答えた。「念のためにいうだけなんだけど」と彼女はいった。「信仰っていうより主に文化の違いなのよ」

「三十分あればじゅうぶんだ」と彼はいって彼女のシャツに下から手を入れた。「しいっ、ジル、しいっ」

レニーの父親は亡くなっていたが、兄は八歳年上で、軍隊に入っていて、ハンサムだった。彼は一か月に一回、見たことのない切手の国から、家に一枚の紙の片面だけの手紙を書いてきた。ジョーダンは女たちに好かれ、国の点々と離れた土地に三人の庶子がいた。

彼はその子たちに電話もかけず、会いもせず、手をふれもしなかった。

十三歳のときレニーはこの母親たちについての情報を知ろうと、兄の小さな黒いアドレス帳をくすねた。彼は自分のクローゼットのドアの裏側に、彼女たちの名前と電話番号を丹念に書き写した。

「この糞《くそ》ガキ」とアドレス帳を膝に載せ凍りかたまったレニーをクローゼットの中で見つけたときジョーダンはいった。「おれの手帳をどうするつもりだ」

レニーは注意深くドアに背中をもたせかけ、文字を隠した。「ただ兄ちゃんがどんな人たちと知り合いなのかなと思って」と彼は半ば息ができなくなりながら、いった。

「感心したか?」ジョーダンは見下ろし、ほほえみながらいった。

「うん」とレニーはいった。「女の子がたくさんいるね」

ジョーダンは弟を立たせ、大きな手でレニーの首をわしづかみにした。「まあ、おれの物にはさわるなよな、いいか? ちゃんとことわってからにしろ」彼はぎゅっと力を入れてから、手を放した。「余計な首をつっこみやがって」

レニーは床にぐったりとすわった。ジョーダンは裏庭に煙草を吸いに出た。レニーは網戸が音をたてて閉まるのを聞き、それからふりかえって電話番号を見た。こすれて汚れていたが、まだ読めた。彼は扉の枠木におでこをくっつけ、塗料の苦い匂いを嗅《か》いだ。

ジルの母親の職歴の三つめは、ユダヤ系の出会い紹介サービスの社長だった。彼女は一日に少なくとも三人のユダヤ人に会い、かれらの結婚という至福への切符を彼女がもっていることを納得させようとした。しばしば、それに成功した。彼女の紹介所は75パーセント近くの成功率を誇っていたが、それは熱心で協力的で、魅惑の王子さま／娼婦《しょうふ》みたいな処女という幻想を捨てたお客だけを相手にしていたからだ。ジルは夏ごとのアルバイトとしてそこで働き、ロスアンジェルスに住む独身ユダヤ人男性全員と知り合った。何人かとデートし、何人かを気に入ったが、出会いごとにデートの報告書を紹介所に提出しなくてはならなかった。母親は娘の報告用紙に新しい、手書きの質問事項を好んでつけくわえた。たとえば「いいキスって、どういう風なのがいいの、ジル？」といったもの。はじめのうちジルはこうした質問に率直に答えていた。それが母親と娘のあいだの「私たちはいまでは親友」症候群の一部だと信じていたからだ。ところが突然に彼女のデート相手たちがこの完璧《かんぺき》なキスをくれるようになり、男が唇を重ねてくるまえに彼女の顎《あご》をやさしく上向かせることが三度めになったとき、ジルは母親にかけより、声を荒らげて仕事をやめると告げた。母親には理解できなかった。しかしジルはこの人が親友なんかではなくじつは母親にすぎないことをちゃんと思い出し、それ以来、キスをめぐる事実は友達にしか話さず、母親にはその代わりに最近公開されたすべての新作映画についての詳細な見解をたっぷり聞かせることにした。

料金が安い土曜日に、レニーはボストン、アトランタ、そしてメリーランド州ヘイガースタウンに電話をかけた。母親たちはしばしば、家で生まれたばかりの赤ちゃんの世話をしていて、いつも赤ちゃんたちの泣き声が背後に聞こえた。

「こんにちは、スティーヴンズさん」と彼はせいいっぱい大人に聞こえる声でいった。「雑誌『ペアレンツ』の者ですが、ちょっとだけお時間をいただいてもよろしいでしょうか?」たとえだめだといわれても彼はとにかく話をつづけた。「お宅の赤ちゃんはしあわせですか? おいくつでしょう? お宅の赤ちゃんはふざけ好きかまじめなタイプか、どちらだと思われますか? ママとパパ、どちらに似ていますか?」ときには彼はへまをやってあまりに個人的すぎる質問をすることがあり、すると女たちは疑いを抱き、電話を切ってしまった。彼は平均して二か月に一度、彼女たちに電話した。ときにはコンテスト係のふりをし、私書箱に赤ちゃんの写真を送って「うちの子がいちばんかわいい!」コンテストに応募するようにと頼んだ。賞金十万ドルが手に入るかもしれませんよ! ときにはただの間違い電話を装った。彼は彼女たちの声を聞くのが好きだった。疲れてはいるものの、親切な声だった。

「今夜は夢の絵を描いてみます」とジルは七人のティーンエイジャーのグループをまえにしていった。

「あなたって高校のころすごいださい人《ギーク》だったでしょうね」とトリーナがいった。

「敵意のあるコメントはなし」とジルは赤いGAPのTシャツを直しながらいった。「気に入らないことがあるのなら、みんなに話してみたら」

「ここにそんなにいつまでもいたい人なんていないと思うわ」とトリーナがいった。トリーナはデイモンにむかってほほえんだ。「それにそんなことをしたって、あなたが高校のころギークだったということが変わるわけじゃないし」

ジルは鉛筆と紙をみんなに配った。「私はギークじゃなかった」と彼女はいった。「やるの、やりたくないの?」

「いってやれよ、ジル」とデイモンが微笑しながらいった。「夢。いいねえ。トリーナだってギークさ、ただそれを知られたくないだけ」

「ちょっと、黙りなさいよ、デイモン」トリーナは彼の膝に足を載せた。オーシャン・ハウスではセックスは許されない。出てゆくことになっている。デイモンは彼女の足首をさっとつかみ、ぎゅっと握った。トリーナは足をひっこめ、緊張をといた。

「クレヨンはないの?」とジョージが訊《たず》ねた。彼は誰にも好かれていなかった。にこにこしすぎで、サイバースペースがどうのこうのという冗談をいうのだけれど、ばかげているか、人の理解を超えた冗談ばかりだった。ジルは大きなデニムのバッグから六十四色のクレヨンの箱を出した。

レニーは彼女が注意深くバッグのジッパーを閉めるのを観察していた。それからまた体をかがめて、紙にいくつもの円を描いた。鉛筆の消しゴムのついた端を自分のおなかに当てて、痛くなるまでぎゅっと押した。彼はジルが痩《や》せこけて裸で、髪は編んであり、彼にむかってドイツ語で話しかけ、慈悲を乞《こ》うところを想像した。

「描いたよ、ジリー」と彼はいった。

彼女はそれを見た。「泡の夢なの?」

「は、は」彼は他の子たちを見たが、その大部分がいたずら描きをつづけていた。デイモンは大きなひとつ目を描いていた。

レニーはのぞきこんだ。「空色の目……?」と彼は聞いた。彼はデイモンを〈抵抗〉の一員だとは考えていなかった。黒人少女であるトリーナとあまりによく話をするからだが、もっともそれだけではわからない。

「おまえさ、詩人かよ？」デイモンがふりかえりレニーを正面から見ていった。「そんなにすごい詩人がここにいるなんて、知らなかったぜ」レニーは体をうしろに反らせた。やっぱりここでは、自分だけだ。彼は黒いクレヨンで円を塗りつぶしていった。「ぼくの夢はオリーヴの実の内側なんだ」と彼はジルにいった。「でっかいブラックホールの夢なんだよ」

母親のひとりがレニーの私書箱に写真を送ってきた。赤ちゃんは女の子で、黒人とのハーフで、色が浅黒く、黒い目でまじめな顔をしていた。両腕をカメラにむかって突きだし、レンズに手をふれたがっていた。「ニコル・ショー、十か月」と裏には書かれていた。レニーはその写真を公園にもってゆき、この姪《めい》を一時間もじっと見つめていた。彼には赤ちゃんの感触がわかった。抱いたらどれくらいの重さか、どんな風に眠って自分の胸に頭をつけて丸まるか、よく知らない少年の両腕に守られながら。あたしのパパなの？　と彼女は問いかけるだろう。彼は赤ちゃんの目をのぞきこみ、その中に、早くも、早くも、あの死のような孤独が、彼女を、とりのぞくことのできない薄いガーゼのように包んでいるのを見ることができた。彼は小枝をとりあげ、赤ちゃんの顔をこすった。色彩がかすれ、細い白い縞《しま》が彼女の小さな体を横切った。彼はニコルを、その両腕と両目を消し、彼女が薄片の上のこすれた痕《あと》になるまでつづけた。

＊

マシューはジルがピルを飲むのをいやがったので彼女と別れた。彼女は彼が一緒に暮すならピルを飲んでもいいといい、彼は彼女が狂っているとでもいった目つきで見て、おれはコンドームを使うのがいやなんだ、やり方を変えなくてはいけない、といった。膀胱《ぼうこう》炎《えん》になっちゃうからペッサリーは使えない、と彼女は彼にいった。ちょっと様子を見ましょう、私たちの関係がもっと真剣なものだと思えてきたら、私はピルを飲むわ。おれは真剣じゃないよ、と彼は彼女にいった。本気の関係なんてまだ欲しくない。欲しいのよ、たぶん、でも怖がってるんだわ、と彼女はいった。怖がってないよ、たぶん、と彼はいい返した。求めているものがちがうんだよ。仕事に行かなくちゃ、と彼女はいった。三十分後に。早めに出なよ、と彼はいった。渋滞してるかもしれないから。

「きょうは信頼の練習をします」とジルがみんなに告げた。

「すてき」とトリーナがデイモンを睨《にら》みながらいった。

ジルは咳払《せきばら》いをして、つづけた。「ひとりを目隠しして、もうひとりがその人を家と裏庭のあちこちに連れていくの。やさしく、信頼できるようにして。それから交替します。みんな自分の目で見るのに慣れきっているから怖いわよ。でもこれはお互いを信じることを学ぶにはいい方法。はい、それではパートナーを選んでちょうだい」

トリーナとデイモンが組むのは明らかだった。よくすくす笑いをしレニーには親切にしてくれる二人のコカイン中毒の子たちが両手をにぎりあった。除《の》け者のジョージはレニーを見たが、奇数になることに気づいていたレニーは目をそらした。ジョージはレイナと組んだ。とてもしずかな美しい少女で、まるで水中にいるみたいにスローモーションで動きなぜここに来たのかを誰にもけっして話さない子だ。

「計算がまちがってたね、ジリー」とレニーがブーツを脱ぎ捨て、頭から突っ立っている髪の毛を掌《てのひら》で撫《な》でつけながらいった。

「いいえ、きみは私のパートナーになるのよ、レニー」とジルがいった。彼は青ざめた。

「やりたくない」と彼はいった。

「これが今夜の活動」とジルがいった。彼女の目はマシューのことで泣き疲れていた。

「きみが先にやる、それとも私から?」

「先にやってよ。目隠しをして」とレニーがいった。彼女は積み重なった中から青いバンダナを選んだ。「ぼくを信頼できる、ジリー？」と彼は訊ねた。

「ええ」と彼女は布を頭のうしろでむすび三角形を垂らして、それで顔の大部分が隠れるようにしながらいった。彼女は両腕を体のわきにぴったり伸ばして、部屋のまんなかに立った。「私のことをジリーと呼ぶのはやめてね、レニー。さあ、連れていって。信じてる」


その日、彼女の母親は彼女をお昼ごはんに連れていった。ジルはマシューと別れたことにふれたくなかった。

「そういえば、彼ってかわいいの？」と娘を掘り下げるような明るい色の目で、母親は訊ねた。マシューをじっくり見られるようジルが彼を家に連れてきたことはなかった。

「金髪じゃないわよ」とジルはいった。「もし、そういう意味なら」

「どういう意味かわからないけど」と彼女の母親はいった。「とてもいい男の子にちがいないわね。御両親はどこの人だっていってたっけ？」

「知らない」ジルは頬をお皿にくっつけ冷たい陶磁器の上にじっと休ませたいと思った。

「どうでもいい。本気じゃないんだから」彼女の声は消えかかっていた。

「でもそうしたいんじゃないの？」コーエン夫人は片手にフランスパンを一切れもったまま訊ねた。

「どうでもいいことなんじゃない、私がそうしたいかどうかなんて。本気じゃないんだから」

「ええ、でもそれが本気になることはいつだってありうる、そうでしょう?」彼女はナイフで白バターを少しすくいとりパンに塗った。「彼は将来のことを話す?」

「昨日、別れたのよ、おかあさん」とついにジルはいった。「将来は問題じゃないの。もう別れたの。もう質問はやめて」

ジルの母親はパンを一口かじり、嚙《か》んだ。「そう、残念ね」と彼女はいい、にっこりほほえんだ。


私書箱で写真をうけとってから、レニーはクローゼットの扉の内側を白いペンキで塗った。ゆっくりと上にむかって塗り、ついで下にむかって塗り、数字がすべて見えなくなるまでつづけた。こうすればペンキが剝がれることはない。彼はバスルームにゆき吐こうとしたが、できなかった。余ったペンキをもって彼は鉄道の駅に行った。そこには空っぽの地下室があり、そこを彼の兄は女の子たちとセックスしたりマリファナを吸ったり他にもいろいろ軍隊にゆくまえに彼がやったことのために使っていた。レニーは自分の年齢の数にあたる、十七の鉤《かぎ》十字を地下室中に描き、その下で体を丸めて眠った。鉤十字は彼が世界にむかって投げ出すことのできる十字形ブーメランのように見えた。それらの十字が道を拓《ひら》き、戻ってきて、彼を安全地帯へとみちびいてくれるのだ。

＊

レニーはジルを連れて台所を抜けた。

「左にカウンター、右に冷蔵庫があるよ」と彼はいった。

「ありがとう」彼女は階段を上がり、階段を下り、うしろのドアを通って裏庭に出た。

「ここは気に入ってるの、レニー？」と彼女は訊《たず》ねた。

「ああ、まあまあ」と彼はいった。「段を上がって。ここではまっすぐ歩くだけ」二人はオーシャン・ハウスから道路をわたったところにある、浜辺を見下ろす断崖《だんがい》にやってきた。他の組の子たちが遠くにいて、おそるおそる腕をつきだしているのが彼には見えた。トリーナの笑い声が聞こえた。

「遠くに来すぎた？」とジルが聞いた。

「すぐ交替するよ」

彼は彼女を崖《がけ》っぷちで止めた。足元の地面は十メートル近くも落ちていて、そこから砂浜になり、ついで海になる。

「崖っぷちにいるんだよ、ジル」とレニーが彼女の背後に立ち彼女の両肩を手でつかんでいった。

「ここでこそきみを信じなくちゃね、レニー」と彼女はいった。風に吹きつけられてTシャツが肌にぴったりくっついている。目隠しの下で彼女は奇妙な色彩を見ていて、マシューの背中がどんどん小さくなり同時に世界がぐんぐん彼女に迫ってくるように見えるのを想像していた。

「ぼくの鉤十字にやられたこと、すごくいやだったなあ」とレニーがいった。

「そう、でもあのままにしておくわけにはいかなかった」と彼女はいい返した。彼の両方の掌は温かく、彼女の上腕をつかんでいた。「私は鉤十字が大嫌いなの」

「いいかい、ジル」とレニーがいった。「空色の目であって、土色の目じゃない、そういうことなんだ。いいかい、ぼくたちがいうのはそういうこと。土ではなく、空色の目」彼は彼女の髪を見つめた。それは黒く長く、髪が自分の手にふれればやわらかさがわかった。

「でもレニー」と彼女はいった。「きみの目は茶色よ」

彼は彼女の両肩をぎゅっとにぎった。二週間がすぎて、自分が家に帰るときまでには、ジョーダンがいなくなってくれるだろうかと考えた。

ジルは結婚式のことをまた想像した。ただし、いまは司祭はどこにも見当たらず、新郎もどこにもいなくて、ただ彼女自身とラビだけがいた。ラビの腕は褐色で黒い濃い毛がはえていた。私たちの肌を見なさい、とラビが彼女に語っていた。この肌は沙漠《さばく》むきなんだ。

「すごい高さだ」とレニーがいった。

彼女はラビの腕の皮膚をひっかき、自分の腕をひっかき、その薄い肉の層の下でこの腕が本当は何でできているのかがわかるまで、かきむしるところを想像した。

「怖い?」レニーが彼女の両肩を固くにぎった。

「怖がらなくちゃいけない?」

レニーは答えなかった。ジルは身ぶるいした。

「寒いの?」と彼は訊ねた。

「うん」と彼女はいった。「ちょっとね」

彼は両腕を彼女の胸にまわし、彼女を抱きよせた。一方の親指がとてもやさしく、寒さで立っている彼女の乳首の、脇をこすった。彼女は黙っていた。

「これでよかった?」と彼は聞いた。

「うん」と彼女はいった。彼女は息を吐き、目隠しをしたままの両目を閉じた。鳥肌が立っていた。私は土でできている、と彼女は考えた。

「交替しようか？」レニーがしずかに訊ねた。彼の手は軽く彼女の乳房にふれていた。

私は黄金でできている。

「いいえ」と彼女はいった。「交替したいの？」

「いいや」彼は彼女をさらにそばに引き寄せ遠くから二人に打ち寄せてくる海の音を聞いていた。

フーガ

1　夕食のとき

私はテーブルで夫の反対側にすわっている。夕食の時間。私はステーキといんげん豆とじゃがいも炒めを料理し、裏庭の藪《やぶ》から切ってきた二輪の紅《あか》いばらまで飾った。ばらは私たちのあいだにある花瓶に入っているが花瓶が透明なので彼が話をするにつれて茎が水の中でただようのが見える。

彼はテーブルに肘《ひじ》をつく。彼は口を開けたままものを嚙《か》む。フォークをもったまま大きな身ぶりで話をし、突き出したりもする。

私は、うなずき、うなずく。彼は仕事のことをすべて話す。メモの綴《つづ》りがまちがいだらけだ、という。あの新しい秘書は、口のきき方もなっちゃいない。私はちゃんと話を聞き、口を閉じて嚙む。冷めてしまったじゃがいもが私の歯の下で砕け、舌で溶け、私の上唇は下唇とぴったり合って、私の口の中ではすべてがひそかに進行する――大きな音を立て、力強い、私だけのできごと。そこでは世にもすさまじい騒音が立てられているのだが彼にはまったく聞こえない。前に手を伸ばし、彼はフォークで大きなじゃがいもを突き刺す。彼はそれを持ち上げ、嚙みつき、呑《の》みこむ。私は食物が彼の口に消えてゆくのを見つめるのだけれど、それは私の食物で私が買い私が料理したもの。私は自分の両手がじっとしているよう意志でおさえつけておかなくてはならない、なぜなら私はそれを救いたいと思うから。私の食物を救いたい、テーブルクロスの向こう側まで手をさっと伸ばし、ただようばらをひっくりかえし、彼の臼歯《きゅうし》をかわし、彼の舌を避け、それを取り戻し、すべてを引き出し、お皿に引きずり出し、すると私たちのあいだには潰れてはしまったけれど無事救出されたじゃがいもの一山が残され、彼の胃はからっぽで、私の口は閉ざされたままということになる。

2

製薬工場ではブツブツつぶやく工員があれやこれやを入れ替えていた。
「黄色い錠剤をここに入れて」と彼は自分にむかっていう、ブツブツ、ブツブツ、「白いのはこっち」彼は瓶を密閉機にかけてから、家に帰った。

二週間後、外の世界では、処方箋《しょほうせん》にしたがって薬を服用した人々が倒れて死んだ。つぶやき工員はそのことを新聞で読み、自分は重要人物だという思いがこみあげてきて、さらに一歩進むべきときが来たと決心した。彼は製薬工場に電話して、辞めると告げた。なぜ、と聞かれた。アレルギーなんです、と彼はいった。何のアレルギーだ、と聞かれた。すると彼は、電話アレルギー、といって電話を切った。

これはこの一か月で彼が飽きてしまった四つめの仕事だった。二週間前、彼は移民に英語を教える職を得ていた。彼はかれらにまちがったことを教えた。彼はこういったのだ。プッシー《おまんこ》というのは女性のことでアスホール《まぬけ》というのは友達です。この週のあいだに、女子学生のひとりは娼婦《しょうふ》とまちがえられた。男性二名は殴られた。かれらはあざを作り混乱してどしんどしんと足音を立てながら教室にやってきたが、かれらに嘘を教えたつぶやき教師はとっくにいなくなっていた——すでに製薬工場の工場長と握手をしていたのだ。いろんな色のついたカプセルを入れたバットと、カプセルの中に隠された力に対する興味に、目をちかちか光らせながら。

しかしまた、変化のときが来た。つぶやき男はネクタイをしめ鏡に映った自分を見た。こうするといつも唾《つば》を吐きたくなった。彼は唾をぷら―っと吐きかけた、自分の顔にむかって。つぶやき男はかつて醜い子供だった。ついで、醜いティーンエイジャーだった。いま彼は醜い大人だ。彼はこのパターンを非常にうとましく思った。

今回、彼は秘書の仕事に応募した。何かしずかで落ち着いたことをしばらくやる必要があると考えたのだ。たとえばメモをとるといった仕事。ここで彼はうってつけの相手にめぐりあった。大声男だ。

大声男はネックレスをつけ、とても大声で話し、とても正直だった。誰にむかってもまっすぐに目を見て、率直にいわせてもらうが私が思うにといってから、そのとおりのことをした。

つぶやき男は彼のことをいくつかの理由で嫌っていたが、そのひとつは大声男が自分の上司だということであり、もうひとつには大声男の声が大きかったこと、そして最後に第三の、もっともおそろしい理由として、大声男が美男だということがあった。本当に、美男なのだ。

つぶやき男は拳銃《けんじゅう》をもって大声男の家に行った。

「こんにちは」と彼はつぶやいた。「強盗に来ました」

大声男にはよく聞こえなかった。「何に来たって？　大きな声でいいなさい」

「強盗」とつぶやき男はできるかぎり大きな声でいったがそれはまるで大きな声ではなかった。「盗みたいんですよ。宝石とか。あなたの鏡とか。奥さんとか」

大声男は怒り、彼によく似合うピンク色に顔を紅潮させて、いろいろなことをいったが、その中には率直にいわせてもらうが私が思うにも含まれていた。

「どうぞ」とつぶやき男はつぶやいた。「すっかり話してください」

「私が思うに、きみは私の雇われ人だろう！」と大声男はでっかい声でいった。「そして、私が思うに、きみは首だ！」

つぶやき男は拳銃を発射し、大声男の膝《ひざ》を撃った。大声男は叫び声をあげ、床にしゃがみこんだ。つぶやき男は肩をいからせ、望んでいたものを手に入れた。

まず、彼は大声男のふるえている妻に戸口で待っているようにといった。彼女の顔をちらりと見て、あんな美男がどんな女とセックスをしているのかを見とどけようとしたが、垂れ下がった髪で顔が隠れてしまってたいして見えなかった。

ついで、彼は大声男に黄金のネックレスをはずすようにと命じ、それをしあわせいっぱい、自分の醜い首にかけた。

「ネックレスをするのははじめてだよ」と彼は満足してつぶやいた。

最後に、彼は家中をいったりきたりして、盗むのにふさわしい鏡を探した。いくつかのつまらない楕円《だえん》形の鏡を見かけたが、角を曲がって夫婦の寝室に入ったとき、まさに探していたとおりのものが見つかった。大きなベッドの反対側の壁にかかっているのは、贅沢《ぜいたく》な銀の枠にはめられた、巨大な長方形の鏡だった。息を荒くしながらよろこびのつぶやきをもらしたつぶやき男は、鏡をその鉤《かぎ》から丁寧にはずした。この鏡は美男の大声男を何年ものあいだ映してきて、そのせいでやわらかく鷹揚《おうよう》になっており、それならつぶやき男の粗雑な顔だちにもやさしくしてくれそうだった。彼はネックレスをかけた自分をちらりと見て、希望がはちきれそうになるのを懸命にしずめた。

苦労して、彼は巨大な鏡を脇の下にかかえながら、家の中で雄叫《おたけ》びをあげている大声男を残し、妻を車の助手席に押し込んだ。つぶやき男はエンジンをかけ、道路を走り出した。彼は横目で妻を見て、横顔を点検し、美しさを探した。彼女はまあまあといった程度の容貌《ようぼう》だった。映画女優か何かには、まるで見えなかった。彼女は彼が以前に会ったことのある四人ほどの別々の人物に似た感じだった。彼女はまっすぐ前を見つめていた。十五分後、彼は彼女を道路脇に下ろした。彼女が話をしなかったからで、つぶやき男は沈黙している人を相手にするのが苦手だったのだ。それに、彼は鏡だけを相手に閉じこもりたかった。

「バーイ」と彼は彼女にいった。「悪かったたな」

彼女は窓ごしに大きな目で彼を見た。「ネックレスでかぶれてるわよ」と彼女はいった。

「ニッケル製だから」

彼は首のうしろをかいた。走り去るまえに、彼はダッシュボードの小物入れから煙草を

二、三本とマッチをひと箱とりだし、彼女に投げるようにわたした。彼女は小さく手をふった。つぶやき男は彼女を無視し、アクセルを踏みこんだ。十マイルも行かないうちに彼はスピードを落とし、道路脇に車を停めた。彼は鏡をとりあげ膝に載せた。意を決して鏡をのぞきこむまえに、彼は銀のこぶの上に指をはわせ、外枠をすっかり探ってみた。自分のどろんとした顔が、ぼんやりと、忍耐強く、枠の内側にいすわって、見られるのを待っているのが感じられた。

3　ハギーとモナの家への訪問者

「モナ」とハギーがいった。「ぼく、疲れた」

モナは居間のカウチの端に脚を載せてストレッチングをしていた。「きみはいつも疲れてるじゃない」と彼女はいった。彼女は顎《あご》を自分の膝につけた。

ハギーは緑色の椅子にさらに深くすわった。どんな椅子よりもやわらかい椅子だ。「その枕をとってくれる？」

「いやよ」彼女は体をまえに伸ばし足をつかんだ。

ハギーはためいきをついた。彼は口の中にあの温かい感覚がはじまるのを感じることができた。じゅうぶんにしずかになれば眠れるという感覚だ。彼は舌のことが異常に気になった。それがいかに口の中でおさまりが悪いかが。

前屈して、モナは自分の膝にむかって話しかけた。「ごろごろしてるとまた寝ちゃうわよ、だいたいいつも寝すぎなのに」と彼女はいった。「それに起きたばかりじゃない」

「わかってるよ」と彼は、片手で顔を撫《な》でおろしながらいった。「きみがまったく正しい。ともかくその枕をとってくれよ、昼寝しながら、よく考えてみるからさ」

「ハギー」と脚を替えながらモナがいった。「いい加減にしてよ」

モナはハギーにたったひとり残された友達だった。他の友人はみんな他の都市に移り、彼の電話番号を無くしてしまった。ハギーは一日中ぶらぶらし、銀行にあずけてある車の衝突事故の賠償金で暮らしていた。一方、モナのほうは毎朝、派遣先の会社に小走りで出勤していった。彼女は一分間に百万語くらいタイプが打てるのだ。彼女は派遣先の会社でどこでも必ずこのまま正規の社員にならないかと声をかけられるのだが、必ずノーといった。彼女は何かを得るよりも何かが足りないことのほうがずっと好きで、もちろん、男に関してもおなじだった。彼女の部屋には小さな箱があって、それにはすでに二つの解消された婚約指輪が入っていた。彼女は男たちにいった。ごめん、これ、もってるわけにはいかないの。ところが奇妙なことに、男たちは二人とも、彼女がそのままもっていることを望んだのだ。彼女はとても気前のいい男たちをひきつけるようだった。ぼくの記念に、と男たちはいうのだった。そんな記念品がもうひとつ、彼女の化粧台の上の箱に入っていることなど、思ってもみずに。

ハギーは自分の舌をひっぱってみた。それはどろどろしてざらざらしていたが、強くつまむと、何も感じなかった。

「今夜は何かするの？」と彼女は顎をもう一方の膝に載せていった。

「ぼく？」と彼はまだ舌をつかんだまま、もごもごといった。「今夜？」モナは脚を振りおろし、カウチの肘《ひじ》かけをバレエのバーのようにつかんで、屈伸運動《プリエ》を一セットはじめた。

彼は指を放し、ごくんと飲みこんだ。「今夜？」と彼は、こんどははっきりといった。「何にも。あの、きみのボウリング友達の人たちがパーティーに誘ってくれたんだけど、断った。きみは行きたがるだろうかと聞かれたから、行かないと答えておいたよ。行きたい？」彼は言葉を中断した。モナは返事をしなかった。「かれらはみんな、きみに来て欲しがってるんだけど」

「ほんと？」モナはプリエの途中だったが、よろこんで、えくぼを浮かべた。「誰が？全員？　ほんと？　正確には、なんていってた？」

ハギーは頭をかいた。それが本当だったかどうかすら、わからないのだ。ただモナがよろこぶのを見るのが好きだったのだ。

モナは体を折り、頭を両膝につけた。「どっちにしてもデートがあるけど」と彼女はくぐもった声でいった。

ハギーは体を椅子にずるずると沈めた。モナが出かけてしまうのがいやだったのだ――彼女がいないと家が死んだように感じられる。「へーい」と彼はいった。「頼むよ。まくら」彼はまた自分からほんの数十センチしか離れていないカウチを指さした。血液が重く感じられた。まるで血球のひとつひとつが、石を載せた手押し車をひきずっているみたいに。

「ハギー」とモナは両脚をふって、彼を見た。「外に出たら」

「うへっ」と彼は天井にむかっていった。「外って、きらいなんだ」

彼女は歩みより、彼の髪を撫でた。「何か、いいことしなさい」と彼女はいった。「ハギー。何かしなさいよ」

彼は短いあいだ、彼女の手に頭をもたせかけた。彼女はバニラと洗濯洗剤の匂いがした。

「したいさ」とハギーはいった。「ほんとなんだよ。この椅子から出られさえすれば」

モナは彼の頬にさわった。彼女は一瞬、彼のそばに立ち、ついで小さなためいきをついて、自分の寝室に消えた。ハギーはふりかえり彼女のドアのあたりをしばらく見つめて、やがて目を閉じた。四十五分後、モナがきらきら輝く、茶色いドレス姿で出てきた。ハギーは眠りかけていた。

「ハグ」と彼女はいった。「待って、起きて。聞きたいことがあるの」彼女はくるりと体を回転させた。「ハイヒールにするか、しないか?」ハギーは頭をふって眠気を払い、彼女を見て集中しようとした。

「やめたほうがいい」としばらくしてから彼はまじめな声で、目をこすりながらいった。「もうじゅうぶん元気はつらつに見える。ブーツをはきなよ」と彼はいった。「少し重くしなくちゃ」

　彼女は彼にむかって舌を突き出したが、また自分の寝室に入ってゆき、二分後に紐《ひも》の編み上げの茶色いブーツをはいて出てきた。

「すてきだよ」とハギーがいった。

　誰かがドアをノックした。

「来たな」とハギーがいった。「ムッシュー・プロント《すばやい》だ」

　モナは腕時計を見た。「ちがうわ」と彼女はいった。「私が拾っていくことになってるのよ。誰か来ることになってる?」

彼は笑った。「ぼくの秘密の恋人」と彼はいった。彼はさらに深く椅子にすわった。「強盗かもしれないぞ。いわなかったっけ？　窓に鉄柵《てっさく》をつけるべきだって」

ノックの音がふたたび話を中断させた。とん　とん　とん。

モナは戸口にいった。彼女はのぞき穴からのぞいた。「女の人よ。どなたですか？」と彼女は声をかけた。

くぐもった声がした。

モナはハギーを見た。「入れるべきかな？」

「かわいいの？」と彼は聞いた。

モナはあきれたというように目をぐるりと回した。「わからない」と彼女はいった。「髪で顔が隠れてる」彼女はドアを開けた。

「こんにちは」とモナがいった。「何かご用でしょうか？」

女の人は結婚指輪をはずした。「お願いがあるんですけれど」と彼女は指輪をさしだしながらいった。「これで泊めてもらえないでしょうか？」

ハギーが吹き出した。

モナは首をふった。「あら、やだ」と彼女はいった。「そんなのいただくわけにはいきません」指輪をさしだしたままの女の人の手はふるえていて、ドレスのすそは真黒に汚れていた。

「ハギー」とモナはいった。「黙って。笑うのをやめなさい。この人はうちに泊まりたいのよ」

「いいよ」と彼は目を閉じながら、椅子から声をかけた。「でもこの人に指輪はもっているようにいってくれよ」

モナはドアを広く開けた。「どうぞ」と彼女はいった。「入ってください。すごく疲れてるみたいね」彼女は女の人の肘をとり、居間へと連れていった。「ハギー」と彼女はいった。「椅子からどいて、ハグ、この人が何かひどい目に遭っていまにも倒れそうだってことがわからないの？」

ハギーは一秒間、そこにすわっていた。「そっちにソファが」と彼はむだに決まっているのだが指さしながらいった。

モナが彼をにらんだ。「ハギー」女の人は自分の脚で立っていられなくなってきた。ハギーは椅子の両方の肘掛けに手をついて自分をもちあげたが、足がちょっとふらふらした。

「どこから来たの？」と右のブーツのいちばん上の紐をむすびなおしながら、モナが訊《たず》ねた。

女の人は目を閉じた。「シナイ山《サイナイ》」と彼女はいった。ハギーは床にすわった。

「何ていった？」モナはわざと左のブーツをむすびなおしながら、ささやき声でいった。

「青酸《サイアニッド》カリっていったの？」

彼は見上げ、女の人がもう眠っているのに気づいた。

「こりゃあ、ぼくよりも早いね」と彼は尊敬をこめていった。

「彼女、毒殺でもする人かな？」モナが小さな声でいった。

ハギーは笑った。

「しいっ」とモナがいった。「眠ってるのよ」

「ドレスが焦げてる」と彼はいった。

「わかってる」とモナはいった。「煙の臭いもするし。キャンプファイアの煙か何か」彼女は立ち上がった。「聞いて、ハグ。私はもう行かなくちゃ。きみは大丈夫？　私にいてほしい？　この人に毒を飲まされたらどうする？」

ハギーは怖がっている顔をしようとしたが、どうしてもできなかった。あまりに疲れていたのだ。「行きなよ、モナ」と彼はいった。彼は頭をソファの肘掛けに載せた。

モナはためらった。「この人、病気だと思う？」

「疲れてるだけだよ」彼の声は消えかかっていた。「ちょっと眠りが必要なだけさ」ソファの肘掛けが彼の首にくいこんだ。「指輪をくれたがったなんて、信じがたい話だよね」

モナはほほえみ、最後にもう一度、鏡に自分を映してチェックした。玄関のドアが閉まり彼女のきつくむすんだ編み上げブーツのこつこつという音が遠ざかり消えてしまうと、ハギーはまどろみ眠ってしまおうとしたが、体の下の床は硬く、元気にかきまわしてくれるモナがいない空気は凝固し澱《よど》んで感じられて、あのゆっくりと下りてくる重みがもたらすおなじみの安心感を彼は見出《みいだ》すことができなかった。

よいしょと立ち上がって、彼はカウチに移った。彼の椅子のなぐさめが欲しくてたまらず、ひくひくとひきつりそうだった。女の人は軽いいびきをかいている。彼女の皮膚は紅潮し、眉毛《まゆげ》は彼女の頰の上に単純な黒い弧を描いていた。

「こんちは」とハギーはいった。「起きて話をしてくださいよ」彼女は眠ったままで、空気にむかって彼女の息を送り出し、引き戻し、とりこみつづけていた。自分だけの世界。

そこに誰か眠っている人がいるのに自分は目を覚ましているせいで、彼は余計に滅入ってしまった。おかげで家が二倍も大きくて二倍もさびしく思えた。なんとか自分をひきずり立たせ、ハギーは浴室へともたもたと歩いていった。こんなことを考えた。テンポがないというだけの理由で死ぬことってあるのかな？　たしかに、モナは熱狂的なマーチか何かに支配されているが、何かが内側から彼女を動かしているにちがいない——ハギーの内的リズムはとてもゆっくりだったため、これでもはたしてリズムと呼べるんだろうかと彼は思った。

浴室で、彼は洗面台の上にある薬棚を開けた。ときどきモナは、あまりにねじが巻き過ぎになったときに使う睡眠薬をそこに入れていることがあった。巻き過ぎのときというのは、しょっちゅうだった。鏡張りの戸をおさえたまま、ハギーは小さな赤茶色の瓶を棚から下ろした。彼はラベルを読んだ。六時間以内に二錠以上を服用しないこと。ハギーは薬を掌《てのひら》に出した。薬はミニチュアの月のように輝いた。ぼくは彼女より体が大きいからな、それに、と彼は考えた。彼は彼のラッキー・ナンバーにあわせて九錠を口に入れ、水道の水を手にうけてそれで飲み下した。これなら効くだろう、と彼は考えた。ぼくの椅子をとられたせいだ。それにぼくは疲れている、と彼はまた考えた。ぼくはとても疲れていて眠りたい。彼は浴室の床にすわり、奇妙な感じにつつまれるのを待った。彼の椅子にいる女の人はいびきをかくのをやめ、家は暗さにみたされ、しずかだった。

4

枠にあるすべてのでこぼこを探検し終えたあと、彼は大きく息を吸って鏡を正面から見る準備を整えた。彼はかゆい金のネックレスをいじった。こんどはちがって見えるはずだ、このすてきな男の鏡、この美男の姿見では。彼は鎖の内側で指を交差させ、視線を鏡の中に移し焦点をさだめた。

5 道路脇で

その夜、私は藪《やぶ》で寝た。あまりよく眠れなかったが、私はもともとよく眠れることはない、眠るのが下手なのだ。居心地よく感じられることなんて、まるでない。だから、かまわない。頬に土がついていてもかまわない、私にとっては何のちがいもない。枕のほうがそれよりいいわけでもない。

私は夫のことを夢に見る。彼が冷蔵庫にゆきサンドイッチを作るところを夢に見る。私の食物、私のパン、私の私――消化されれば跡形もなくなってしまう――するとそのとき銃声が聞こえて、そのとき私は駆け出す、競走でよーいどん、駆け出す。夫は自分の膝《ひざ》をつかみ、私はドアの外に。私は走者、私はとても速い。夢の中で私は世界を周回し、よその国の誰かが私の足跡のまわりに記念碑を建ててくれる。

起きたとき、私は長い散歩をしたくなった、永遠に歩いてもぜんぜん疲れないと思った。あの男が残していってくれた煙草を一本とりだして吸い、煙草を吸ったのは本当にひさしぶりだったが、藪でそれを消したとき何かに火がついて、藪が燃え出した。地面のすぐ近くだったけれど、とにかく燃えていて、藪は火事になった。空気はたしかに乾いていたけど、ほんの小さな煙草一本だったのだから私はショックをうけ藪火事を見てこう考えた。たぶんこれは何か霊的なことなんだわ。ここ、道路脇で、私は一文無しでひとりぼっち、どこか新しい場所にゆきたいと思っていて、いまこそ何か霊的なことが起こるのにふさわしい時、いまが私にとってぴったりのタイミング。私は神が話しかけてくるのを待った。

炎はパチパチとはじけ、シューシュー音を立てた。

車に乗っている人が二、三人、通りがかりにスピードを落としてくれた。乗りますか？　でも私はいいえと首をふった、それは強姦《ごうかん》犯ではないかと心配したからではない、そうじゃない。ここで何かが起ころうとしている——何か大きなことが。私はこの藪が私に語ろうとしていることを聞き、それから永遠にひとりで歩いてゆく。なぜならひとりで歩いたことなどなかったし、それに車の中よりも外のほうがしずかで気持ちいいし、たった一口煙草をふかしただけで私は火をつけてしまったのだから。私が。藪はずっと爆《は》ぜる音を立てている。それが私に何を語ってくれるのだろう、と思う。私が聞かなくてはならないことは何なのか？　私は体をかたむけ、全存在をかけて耳をすます。何ていってるのか、わからない。どんな単語も聞き分けられず、聞こえるのはただあの火の音、ぱちぱちと割れたり爆ぜたりする音だけ。私は少しパニックしかかる――もし知らないことばで話しかけてこられたら？　そしたらどうすればいい？　炎の熱が私の顔を紅潮させる。英語ならわかりますよ、と私は藪にむかって念を押す。話してちょうだい。聞いてますよ。

6

醜い男、変わらず。

7　ふたたびハギーとモナの家

午前一時、ドアの錠がまわってモナが爪先立ちで居間に入ってきた。肺をふくらませ、ついで吐き出している女の人のかたちがまだそこにあるのが、モナには見えた。この家出人が生きていてここに留《とど》まっていることに誇らしい気持ちがこみあげてくるのを彼女は感じ、女の人に向きあったカウチにゆったり腰をおろしてブーツの紐《ひも》をほどいた。

すばらしいデートだった。彼は二人の顔が入り混じってしまうくらいに強くキスをする男たちのひとりだった。手で彼女の頭の背後をおさえて。はじめてのデートとしてはあまりに緊急なキスだったが、彼女はそれが気に入った。彼女はブーツをカウチに残し、浴室に爪先歩きで入り、明りをつけるとそこにはハギーが両脚を胸にかかえこんで、床に倒れていた。

「ハギー」と彼女はぴたりと立ちつくしていった。「どうしたのよ」

彼は首をもちあげ、大きな目をして彼女を見上げた。

「自殺したの」と彼はいった。「でも失敗」

「え？」モナは床にしゃがみこんだ。

「あのさ」と彼はいった。「眠ろう眠ろう、眠ろう眠ろう、と思って睡眠薬を九錠飲んだんだよ、危険な白い錠剤を九錠。きみがときどき眠れなくて飲む薬あるだろう？　何時間もまえに、あれを飲んだ。何時間も何時間もまえに。九錠だよ。それは確実。それなのにこうして元気」

彼女は彼をじっと見つめた。「吐いた？」

「いや」と彼はいった。「吐きもしなかった」

「ハギー」と彼女はいった。「大丈夫？」彼女は手を伸ばし、彼の額にさわった。「熱はないわね」と彼女はいった。彼女は彼のそばにすわった。「大丈夫？」

「と思うよ」と彼はいった。

彼女はじっと彼を見つめた。彼は見つめ返した。立ち上がって、モナは薬棚から瓶をおろし、そのラベルを読んだ。彼女は彼を見下ろして首をふった。「九錠？」と彼女は訊《たず》ね、彼はうなずいた。彼女はさらに首をふり、瓶を棚にもどし、扉を閉めた。それからまた彼のそばにしゃがみこんで、彼の髪にさわった。彼女の声はしずかだった。「きみのこと、心配してるのよ」と彼女はいった。

「わかってる」彼はカウンターにつかまろうと腕を伸ばした。「ぼくもさ」彼は自分を引き起こした。「それでも、なんだかすごく変だ」

モナは彼の肘《ひじ》をつかんだ。「ひとりでは歩けない？」

「いや」彼は首をふった。「それがさ。歩けるんだ」

彼は居間に歩いてゆき、ソファの硬い背にもたれて、かれらの小さな裏庭が見える大きな窓に向きあって立った。モナがあとについて入ってきた。

「彼女、まだいるね」とモナは指さしながら、ささやいた。

「いいデートだった？」ハギーは眠っている女の人を見た。彼女の顔の全体がリラックスしていた。きれいだな、と彼は思った。

「うん」とモナがいった。「ほんとによかったわよ。ブーツが好きだって」ハギーはほほえんだ。「もう寝る？」

「いや、まだだな」と彼はいった。「いまはけっこう目が覚めてる感じ。ただここでこうしてるよ」

「オーケー」彼女は彼の肩にさわった。「ほんとに大丈夫なの？」

彼はうなずいた。「気分はいいよ」と彼はいった。「おやすみ、モーン。よく眠って」

モナは脱いだブーツを手にもって、自分の寝室へとそっと歩いていった。女の人が椅子で動いた。ハギーは彼女のところにゆき、椅子をゆっくりと前にすべらせて二人で窓の正面まで来た。彼はガラスにシルエットになっているかれらの像を見た。彼女はまだ煙臭くてそれはいい匂いだった。彼はモナのいったことを思い出し――もし彼女が毒を飲ませたら？――微笑した。彼はカウチの肘掛けに腰をおろし、ガラスに映ったかれらの細部のわからないかたちを見た。いちど、モナがお手洗いに行った。それ以外には完全に、何の動きもなかった。数時間後、朝の光が裏庭を明るくし、ガラスの平坦《へいたん》さをひらき、草と一本の樹が姿を現わしはじめた。朝露におおわれた白いプラスチックの椅子。からっぽの木製の鳥の餌箱。彼は二人のシルエットがガラスから消えて朝の中に散ってゆくのを見つめていた。

8

彼は泣き出した、あいかわらずの醜男《ぶおとこ》だ、いつだって。あの失望の津波。不可能な変身。かゆい偽物の金のネックレスをひきちぎりガラスに投げつけると、それは中途半端なちゃりんという音を立てた。彼はわずかな、効果のない唾を吐きかけたが、それは鏡にはまるで届かず、その代わりに弧を描いて落下し手のこんだ銀の枠に飛び散った。つぶやき男は唾を枠にすりこみはじめたが、そうしているうちに唾液《だえき》のせいで銀が少しはがれてきたようだった。「何だこりゃ？」と彼は声に出していった。彼は前かがみになった。さらにこすった。銀の塗料が薄く紙みたいにはがれ落ちた。その下は傷のついた木でできていた。つぶやき男は指を舐《な》めて、またこすった。塗料ははがれつづけた。黒ずんだ銀、虹《にじ》色に輝く黒が、指先の、爪の下にたまった。自分の顔は無視して、彼はかがみこみこすりつづけた。いったいこりゃどうだ、と彼はいった、ブツブツ、ブツブツ、この枠まで偽物だなんて誰が思っただろう。彼は手が真黒になるまで枠の全体をこすった。枠がもはやぜんぜん銀ではなくなり、ただ質の悪いでこぼこの茶色い木の長方形になるまで。

鏡を裏返して、彼は留め金をはずし、ガラスをはずした。それから彼は枠を首にかけた。「私の新しいネックレスを見てくれますか」と彼はひとけのない道路にむかって大声でいった。「これならぜんぜんかゆくありませんよ」

9　私のもの

私は藪《やぶ》とともに長いあいだすわっているが、それは私に何も語らない。それは燃えつづける、あいかわらず主に地面の近くで。私はいっそう強く強く耳をかたむける。ある種の絶望感がつのってくるのを感じながら、いつかこちらにむかって語りかけてくれるだろうか、いつか私は自分に宛てられたメッセージを理解するのだろうかと思いながら。ところがそのとき、私が自分にできるかぎり強く耳をかたむけると、ぽーんと、まさにそんな風に、私にはわかってしまう。もちろん。それは何も語りはしない。それは聴く藪なのだ。

それは私に話させたがっているのだ。私の燃える藪は普通とはちがっている、私の燃える藪は私みたいなのだ。

それで私は咳払《せきばら》いをし、それにむかっていろんなことを話す、私は藪にむかって話す。私はそれまでにこれほど多くの文をつづけて話したことはなかったと思う、でも少なくとも一時間、自分自身について話しつづける――私自身、夫、母、私のアレルギーについて。そしてときには何ていえばいいのかわからなくて、そんなときには私はただ目に見えるものを描写する。道路は灰色で舗装《ほそう》されています。ここの地面は乾いています。空には雲ひとつありません。

すばらしい。そんな風に話すのはすばらしい。しばらくすると私は疲れはて、もうじゅうぶんに話したと思う。とてもいい気分だけれどのどが渇き水が欲しくて、それで何度も何度もそれに感謝しながら、私は道路脇の燃える藪を誰か他の人のために残してゆくことにする。そして歩きはじめる。

飢えと疲れがどうにもならなくなるのは何時間もしてからで、私は一軒の家のまえにいる。この並びで唯一、窓に柵《さく》のはまっていない家だ。そこを私はノックする。そしてその家が、返事をしてくれる。いいところ。中はしずかだ。私がまどろみ、本当にひさしぶりにぐっすり眠りこもうとしているとき、私は夫について、彼がどこにいて何をしているのかについて考える。彼が家のまわりをよたよたと歩き、私の名前を叫び、ベッドにすわってかつて鏡があったところを見、木の木目をじっと見つめていると考えるのが好きだ。彼が冷蔵庫を開けて、その中に私がいるのを見つけると考えるのが好きだ。

でも真実は？　正直に私が思っていることをいいましょう。

私は思う、たぶん彼は私がいなくなったことにすら気づいていないだろう。

けれども。私はいなくなった。

酔っ払いのミミ

小鬼だということが誰にもばれないように竹馬をつけて高校に通っていた小鬼がいた。

もちろん彼は半ズボンをけっしてはかなかった。

彼は女の子たちをうるさがらせた。親が麻薬中毒の友達が何人かいた。パーティーでは いちばん目立った——できるかといわれればどんなことだってやってみせた。母親たちにいい寄った。飛行機の中でのセックスについて話をした。女については何だって知ってるといった。みんな十五歳だったので、それはちがうぞ、などといいだす者はいなかった。

彼が知らなかったのは、学校に人魚がいることだった。彼女も高二だった。彼女は床にひきずるほど長いスカートをはき、しっぽを隠す大きなブーツをひとつだけはいて松葉杖《まつばづえ》を使っていた。彼女の第二の足——それはもちろん存在しなかったけれど——が怪我をしているのだというふりをして。

彼女はおとなしかった、その人魚は。彼女は海洋学の授業ではすばらしくよくできたが、あまりにできすぎないようにする努力もしていた。人の注目を集めたくなかったから。テストのたびに、少なくとも三つはまちがえた（「プランクトンとは何か？」舟、と彼女は書いた）。彼女はとても美しかった。髪はかすかに緑がかっていたが、誰もがそれは塩素のせいだといった。目は紫がかっていたが、誰もがそれは麻薬のせいだといった。女の子たちは彼女はスノッブだといった。男の子たちは互いにつっつきあいながらそれに賛成した。

小鬼はある授業で彼女と一緒になり、彼女のうしろにすわった。英語だ。彼は小声のひとりごとで果てしなくジョークを連発していた。四角い卵の話を知ってるかい？　と彼は自分にむかっていい、オチにくるまえから吹き出した。といっても、オチなどないことがしばしばだった。ある日、彼は手を伸ばし、彼女の長いべっとりとした髪をひとつかみ、飲んでいたビールにひたした。彼は授業中にビールをもちこんでいた、でも問題なし。頭のいい小鬼だった。コーラの缶に入れていたのだ。

彼が知らなかったのは、彼女の髪には神経があったこと。それは人間の髪の毛とはちがっていた。それは死んだ皮膚ではなかった。生きていた。人魚は変化をただちに感じ、満足のうめき声をあげた。液体。いい気持ち。なつかしい。

小鬼が缶をもちあげたなら、驚いたことだろう。とても軽かった！　ビールはどこに行ったんだろう？　もっとよく見ていたなら、彼はビールが彼女の髪を上ってゆくのが見えたかもしれない。茶色い小さな滴が髪のストローで吸い上げられ、ライム色のエスカレーターに乗って、泡が彼の目のまえのたてがみのような髪に消えてゆくのを。それは彼が夜、ベッドで、裸で、目を閉じているときに、彼の小さな肩の上に浮かび漂っているところを想像する髪だった。

スノッブな女王《クイーン》さま。髪は緑《グリーン》。おれのもの《マイン》。

人魚はビールで酔っぱらった。彼女はとても弱かった。水中ではアルコールは許されていなかったのだ。

その日、彼女はふらふらしながら英語の教室から出ていった。小鬼はすぐに悟った。こう考えたのだ。おおっ、あの娘、パーティー・ガールでもあるんだ！　彼女、完璧《かんぺき》だよ！　酔っ払いのミミ！

彼は服を脱ぐことを心配していた。彼は彼女の手が彼のひざにふれることを心配していた――ここにはすねがあるはずなのに、どうしてこんな木の棒があるの？　と彼女は訊《たず》ねるだろう。彼女はあの紫色の目に、困惑したような色を浮かべるだろう。スノッブ、と彼は考える。彼は心配しつつ、それでもやっぱり、廊下で彼女のあとをつけた。彼女が酔っぱらったこの日、体をぎこちなくかたむける姿は、セクシーだった。彼女が松葉杖を信頼しているようすは。彼は彼女のひとつの大きなブーツを追跡した。

お昼の時間だった。人魚はみんなから離れてオレンジ・レッド色の観客席の下に横になりにいった。頭がぼんやりしていた。髪はいきいきとしていた。彼女がほどいた髪が地面にじかにふれると、髪は咳《せき》をした。バックパックを頭の下に置いてみたら、具合がよくなった。

小鬼はそこで彼女を見つけた。何ていえばいいのかわからなかった。

一本足の男の話、知ってる？　と彼ははじめた。そしてただちに、おれはばかだと思った。悪い話を選んだ。

人魚が顔をあげた。

何かいった？　と彼女はいった。

小鬼は竹馬をうまく操って、彼女のそばにすわった。

つまりさ、と彼はいった。ある男がバーに入ったわけ。

彼女は頭をかすかに彼にむけたが、何もいわなかった。

彼は彼女のとなりに横になった。地面は平らで土はきめ細かく、彼は捨てられた煙草の吸い殻を拾ってそれを埋めるための穴を掘りはじめた。

小鬼は緊張していた。誰もかれらを見下ろす観客席にすわって耳をすましていないことを彼は願った。あの背の高いやつかい？　とかれらはいうだろう。あいつ、自分でいうほど口が巧《うま》いわけじゃないな、ぜんぜん。

　きみの髪が好きだよ、とそこで彼はいった。

　ありがとう、と人魚がいった。彼女は間をおいた。長い長い一瞬、彼を見た。それから彼女はいった。さわってもいいわよ、さわりたければ。

　ほんと？　小鬼はそれ以上の何も望まなかった。

　ほんとよ、と人魚がいった。彼女は唇をひいて笑顔を作ってみせた。ただちょっと、やさしくしてあげるだけなのだ。

　小鬼は半分埋めた吸い殻をそのままにして手を伸ばし美しい緑の髪を撫《な》でた。

　やわらかい、と彼はいった。

　人魚は身ぶるいした。髪の毛の一本一本が小さなつぶやきの音を発してそれが彼女のずっと下のほうまで伝わっていった。

　小鬼は髪の付け根からはじめて、毛先まで彼の手にその光沢をずっとたどらせていった。

　それじゃ、死んだ猫の話、知ってる？　彼はちょっとくすくす笑いながらいった。

　人魚は返事をしなかった。目を閉じかけていた。

　あのさ、猫がいてね、と小鬼ははじめた。それが車に轢《ひ》かれたわけよ。それで天国に行ったら、聖ペテロがなぜおまえを天国に入れてやらなくてはならないのか、と訊《き》くんだ。

わたし、あなたが小鬼だって知ってる、と人魚がいった。

彼の手は止まった。

やめないで、と彼女はいった。おねがい。

どうしてわかった、と彼は嘆きの声をあげた。誰も知らないのに！　彼は警察を想像した。校内放送されることを想像した。彼はうっかり、彼女の髪を一瞬ひっぱってしまった。

痛い、と人魚はいった。やさしくしてちょうだい。

おれのことバラす？　と小鬼は訊いた。

そんなことするわけないじゃない、と彼女はいった。わたし、小鬼が好きだもの。

ほんと？

もちろん、と彼女はいった。小鬼って、やさしいもの。

やさしい？　やさしい？　彼は彼女の腕にさわった。

だめ、と彼女はいった。髪の毛だけ。

彼は胸がうずき、咳をした。また彼女の髪を、こんどはさっきよりゆっくりと撫でた。

彼女の顔は紅潮しはじめていた。ゆっくりと色づいていた。

それはおれの秘密なんだよ、と彼はいった。彼女はいった、わかるわ。

彼はいった、おれ、そんなにやさしくないよ。

彼女の髪はだんだん静電気を帯びてきた。彼の指にまとわりついてきた。

オーケー、と彼はいって、またくすくす笑った。オーケー、と彼はいった。それで猫がさ、あの死んだ猫だけどね、聖ペテロにむかって自分はいい猫だった、何年ものあいだ飼い主のためにネズミをとりました、といったんだ、と小鬼はいった。

彼は脚を曲げたり伸ばしたりして、竹馬は彼のブルージーンズの下で骨をボキボキいわせた。彼は彼女の髪を撫でつづけた。生え際から毛先へ。生え際から毛先へ。

聖ペテロ、と小鬼はつづけた。それで聖ペテロは猫を地獄に送ったのさ、猫が殺し屋だから。

彼は手を彼女の髪のなかばで止め、間をおいた。

やめないで、と彼女はいった。

生え際から毛先へ。髪の毛はやわらかい渦になって彼の指にまとわりついた。

きみの髪はきれいだ、と彼はいった。

彼女は黙っていた。彼女の髪はバックパックから彼の手にこぼれた。薄い薄い緑の布の、開かれる幕となって。

小鬼は手をしっかりと動かしていたが、指はふるえていた。オーケー、と彼はつづけた。

それでさ。地獄では、悪魔がこういった。おれにネズミを何匹か捕まえてくれよ、殺し屋の猫！　シチューの具にしたいんだ！

でも猫は、いやだといった。ぼくはあんたのためには捕まえませんよ、悪魔さん。ネズミを殺すのは、いいご主人さまのためにだけ。あんたのためには一匹だって殺しませんよ。

すると、ぽーん！　猫はただちに天国に行ったのさ。

小鬼はくすくす笑った。彼は人魚を見下ろした。

それでおしまい、と彼はいった。そういうジョーク。

生え際から毛先へ。

おれが作ったの、と彼はいった。

彼女は目を閉じていた。彼女の息遣いは早くなっていた。

ミミ、と小鬼はいった。だいじょうぶ？

やめないで、と息がつまりそうになりながら、彼女はまたいった。おねがい、つづけて、と彼女はいった。彼は撫でつづけた。じっとようすを見ながら。いったいどうしたんだ？

そしてついに彼女が背中をすっかり丸めて息もたえだえになっても、彼は止めなかった、おなじように撫で、しずかに、よく彼女を見ながら、生え際から毛先へと、やがてついに彼女が息を切らして手をさしのべ、彼の手をつかみ、ぎゅっと強くつかんで、何度も何度もありがとうというまで。それはまったくスノッブな感じではなく、まるでスノッブではなく、ありがとう、ありがとう、そして彼は驚いて大声で笑い出してしまった。彼女の紫の目はいっそう紫になり、彼は花の匂いをかいだ気がした。

この娘をやっちゃえ

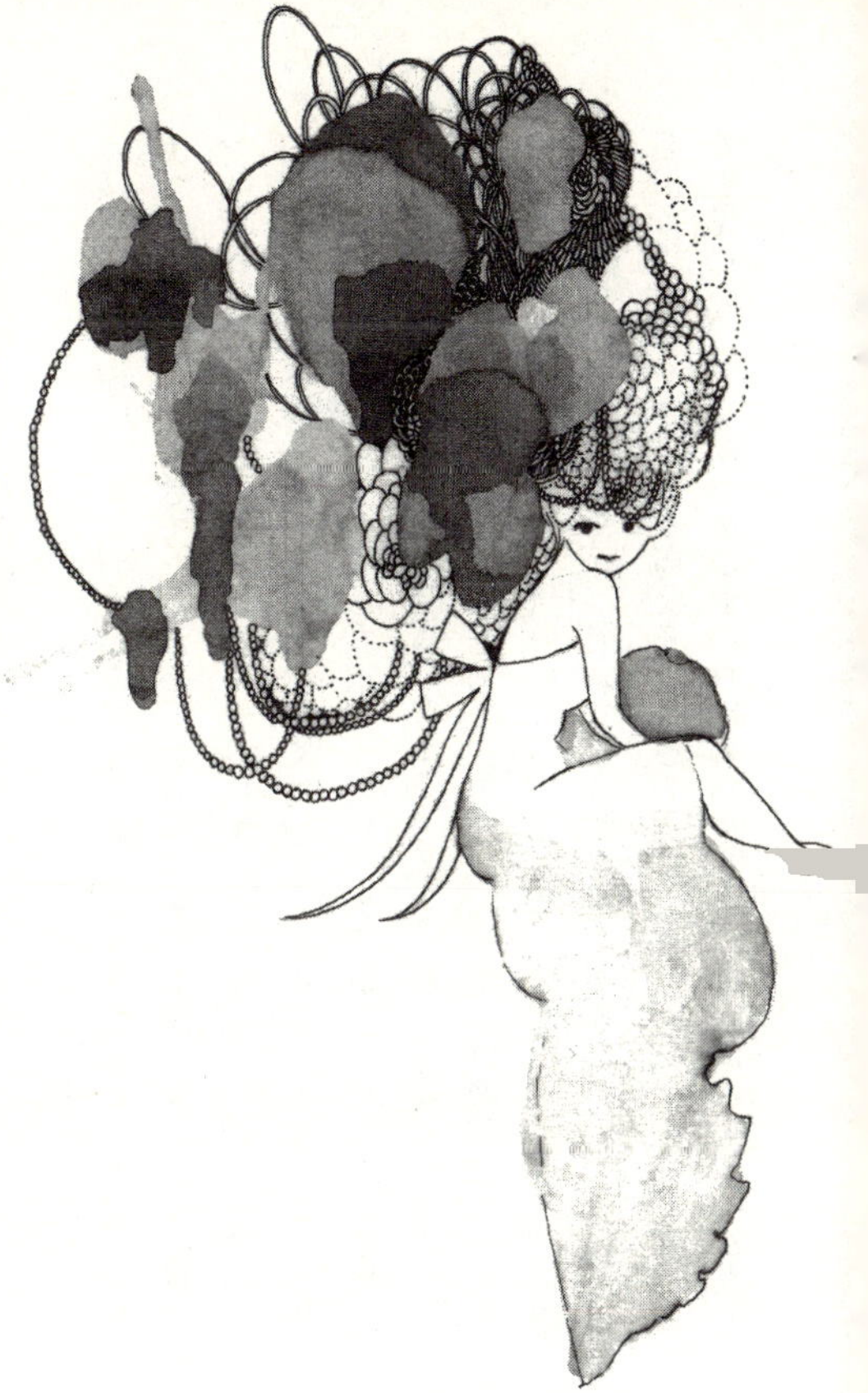

仕事にゆく途中で私はおへその見える短いシャツを着た女を見かける。彼女はおなかが出ていて、段々ができているため、おへそがとても深い穴のように見える。私はウォークマンをかけながらスタイナー通りを歩いている。金曜日の朝、音楽が大きな音で私の耳の中で鳴り、私はおちんちんをあの深くて暗いおへその穴につっこんでやりたいという欲望の波を感じる。短いシャツの女とやりたいという欲望、彼女を歩道に寝かせてものにしたいという欲望。彼女は通り過ぎ、私も通り過ぎ、私は職場への道を歩きつづける。

もちろん、何も起こらない。でも女の中に入ることは非常にはっきりと想像することができ、それをやったような気分になる。私の体が彼女の上にきて、征服に酔いつつ、ゆっくりと滑り入る。私のお尻《しり》、突いて、目がどんよりする。私はあのおへそ娘のことを考え、自分が彼女にショックを与えるだろうと思い、それが気に入る。私は女の子たちが溶けるのを見たい、なぜなら女の子たちはめちゃくちゃにつかみどころがなくて、いったい何を考えてるのかさっぱりわからないからだが、わかる部分もある。それは私が女だからで、私は女たちの多くが何を考えているのかよくわかるし、自分が何を考えているかはよくわかっている、そしていま考えているのはまさにこのこと。

私はパーティーにゆきよく知らない人やあまり好かない人と一緒にいて私たちみんなが大嫌いだった映画の話をする。ふんわり浮かぶ短いスカートをはき、スクープネックのシャツを着ている私は、うっとりするほどすてき。私はこのパーティーである男と知り合い、彼は私を私の車まで送ってくれる。彼はもじゃもじゃの赤毛で指には胼胝《たこ》ができている。建設現場か、ギターか、ゴルフ。謎、ばんざい――私は何の胼胝かを訊《たず》ねない。

車のそばで私は彼の手をにぎり、それを私の乳房に置く。自分がとても大胆になっているのがわかる。なぜならビールを三缶飲んだからで、たったいま本当に求めているのはこの温かい胼胝のある謎めいた手にふれられること。彼はひるんだようだったが、ついで彼の顔は明るくなりもう一方の腕が私の腰を抱くために伸ばされ、私はとろけ、とろけ、夢みたいに開かれて、この温かさが冷めるまで今夜の私は彼のものになる。

彼はキスが下手《へた》だけれど、とてもきれいな手をしている。私たちはミッション地区にいて、彼は偶然ながらバレンシア通りの二、三ブロック先に住んでいることがわかったので私たちは彼の部屋に行くが、そこには彫り出しのヴィクトリア朝風の窓と床に接したベッドがありスウォットという私の知らないバンドのポスターが貼られポスターの隣には壁にバンドのサインのある蠅たたき《フライスウォッター》が飾られていて、それをちょっとかっこいいなと思う。彼は私のうなじにキスし、私は意見を変えて彼はキスが上手だと思い、私たちの服は服が脱げるとおりの脱げ方で脱げて、彼の部屋はなかば暗闇で私は、そのときには、ずっとここにいたいと思う。

彼は私の体についてうれしいことをいってくれる。

彼にやられながら、私は女とやっていることを想像する。口元をきりっとひきしめて。ベッドにいる私たちは三人だ。女の私、男の私、そして彼、すばらしい手をした赤毛の男。彼は私のことをただの女の子らしい女の子、受容器的封筒的女の子だと思っていて、私が何を考えているのか知らない。彼は私がまた彼の背中にいて、ずんと突いている影でもあることを知らない。

「おぅ」と彼は何度もいう、「おぅ」、そして彼の両目は精神集中のために閉じられている。一緒に眠るとき、彼はまるで私を愛しているみたいに抱きしめる。これには気づいていた。はじめてのデートでやるとき、男はその後の二、三回よりもはるかに上手に抱きしめてくれるものなのだ。はじめてのデートのとき、あなたは誰かしら彼が最後に愛していた相手の代理みたいなもので、あなたが彼女ではないことに彼が気づくにはちょっと時間がかかり、それであなたはこのすてきな感情の残り火をすっかり受けとることになる。私は大切にされていると感じ、まるで何年もまえからの知り合いで私が彼のすばらしい彼女だったかのように、彼のおなかに縮こまり、二人でぐっすり眠ったのだった。

赤毛男の名前は、もちろん、パトリック。

彼が起きるまえに私はバスルームに走りどんな風に見えてるかを確認するのだが、実際、かなりいい感じに見えてる。頬に赤みがさして、やりたいと思わせる感じ。戻ると彼はまだベッドにぐったり体をひろげていて私は彼の体にはまるようにふたたび体を折り曲げ、彼が目を覚ましたときどんな風に見えたいかについて考える。カジュアルでセクシーな感じで眠っていたいと思う、彼がまた私を欲しくなるように。

私は思い出す、特に高校時代、私はこの手のふりがとっても上手だった。思慮深さを練習し、気楽そうな見かけを作った――そしてどれだけの男たちをだましただろう？　髪の毛を耳のうしろにはさんですわり、本に熱中してるということにして、この正確な独白を考え、おなじパラグラフを何度も何度もくりかえして読み、かれらが私を見て欲しがるのを待ちつつ、私は本を読んでいる少女としての私自身のイメージに没頭していた。蟻《あり》をじっと見ていたときはどうだったろう、自然好きで気まぐれな娘に見えようとして？　宙をじっと見ていたときはどうだったろう、広大なことを考えている子に見えたいと思い、自分の自画像にあてはまる考えを見つけようとして？　私は、ほんとにたくさんの男たちを化かしてきた！　私はしょっちゅう謎めいた子だと思われた、ああ、あの子、あのスージー、何考えてるのかわからないよ。でも私が考えていることといったら自分がどんな風に見えているかということだけで、私が考えていることといったら私がこうしてかれらの考えを支配しているということだけだった。

パトリックにくるまりながら、私は結局また眠ってしまい、また目を覚ましたときには彼は部屋の向こう側にいる。私は彼の本棚の本に指をはわせてゆき、一冊のアルバムを見つける。それはかなり重いが私はそれをベッドから取り上げて、ぱらぱらと見はじめる。

「パトリック」と私はいう。「ここに写ってるのは誰？」

彼はビデオテープを整理している、たぶん何か見たいものがあるのだろう。彼は視線を上げる。

「友達さ、むかしの彼女とか、ほら、ただのアルバム写真だよ」朝の光は彼の背後にあり、彼は青ざめて美しく見える。

「じゃあ、この中でいちばん大切な彼女は誰？」と私は訊《き》く。写真には何人かの女が写っているが、みんな魅力的でそのことは私の気を良くも悪くもする。

「いちばん大切ってどういうこと？」彼の声にはあくびが含まれているけれど、それは演技だと私は思う。

「ほら、本当に愛してた人っていうか」

彼はビデオテープの山をそのままにして、私にむかって歩いてきて、固いアルバムのページをすばやくぱらぱらとめくってゆく、それで私は彼がページの順番をほんとによく知っていること、彼がこうして写真を見るのが大好きなのだということがわかり、私は私自身を彼の体に糊付《のりづ》けしたくなる。

「これ」と彼は指さしながらいう。ブリュネットの短い髪に大きな、にっこり笑った口元の子の写真がいくつかあって、それはグランド・キャニオンのパトリックとブリュネットちゃん、セルフタイマーで撮ったため顔はゆがみ鼻がでっかく見えるパトリックとブリュネットちゃんだ。

「これが愛してた子？」

彼はうなずき、部屋を出る。彼は床じゅうにビデオテープを出しっ放しにしている。私はその女の子をよく観察する。私にはまったく似ていない。彼はしばらく帰ってこなくて、それから新聞紙のかすれる音が聞こえるので、少なくとも一時間は彼を失なうことがわかる。私は電話をとりあげ、姉のエレノアにかける。彼女は土曜の朝にも早起きしているだろう。他にすることがないのだ。

「もしもし？」彼女の声は私よりも低くて、ずっと歳上の女の声に聞こえる。

「エリー、私、髪を短く切ったほうがいいかな？」私は裸で両脚を空中に突き出している、なぜならそうしたとき脚がいちばんきれいに見えるからだ。皮膚がすべてぴんと張って筋肉がわかる。

「スージー、どうでもいいわよ」エレノアはいつも滅入っている。エレノアは太っている。

「いまの私の見え方に飽きちゃった気がして。買物につきあわない？ まだ早いけど、きょう、もっと後で」私はエレノアと買物に行くのが好きだ、なぜなら対照によって、私はあらゆる点ですごくよく見えるからだ。

「こっちは仕事よ」と彼女はいう。

「ママ、いる？」と私は訊く。

「うん、話したいの？」

「ううん」と私はいう。「だけど髪を短くしたら似合うかどうか、聞いてみてくれる？」間があって、エレノアがいいお姉ちゃんらしく訊ねてくれるのが聞こえる。彼女の声の疲れは私に気まずく思わせてもおかしくないが、そうはならない。その声を聞いて私がしたくなるのはカラテ教室にゆくこと、なぜなら私は手をあんな風にかまえるのが好きだし、板を叩《たた》き割るのは気持ちいいだろう——ばしっ、ぱきん、どさっ。

エレノアが、ママはどっちでもいいという。私はさよならといって電話を切る。私は台所にゆき、勝手にイングリッシュ・マフィンを食べ、新聞のすてきな有名人が載っているところを読み、パトリックはある時点で見上げてほほえむのだが、それはとても賢明なことだ、もし彼がふたたび私のお尻《しり》をベッドで見たいと思うのなら。

パトリックは街の下、舗装道路の穴の中で、配管の修理かなんかをしているのだということがわかる。彼は穴を掘り、中に飛びこむのだ。私は笑い、それは全身で街を相手におまんこしてるみたいなものねというのだが彼には通じなくて、どうも彼は何かが理解できないとただ黙っているらしいと私は思う。じつは、彼はだいたい黙っている。じつは、私がほとんどずっとしゃべっているのだ。パトリックといるときには、あるいは誰といるときでも。

私は穴の中にいる彼を探しに行く。彼がそれはディビサデーロ通りにあるといい、穴には蓋《ふた》がされないので、それは何かホビットの扉みたいにそこにあり、誰にでも開かれている。私は道路のおなかの中に滑り下りてゆくが、それには信じられないほどわくわくさせられ、中は暗くて相当ひどい臭いがして車が頭上で走り過ぎるのが聞こえる。車はなんだか本当にめちゃくちゃに速く走っているみたいだ。

「へーい、パトリック」と私は叫ぶ。「おーい、パトリック、お客さんよ」私の声は通路中に響きわたり、しばらくするとガサゴソという音がして見るとパトリックが何かオレンジ色のものを着ていて私の顔を見てもうれしそうではない。

「こんなところで何をしてるんだ?」彼はまるでボスがそばにいるとでもいうように突慳《つっけん》貪《どん》だが、私にわかるかぎり、私たちの他には誰もいない。

「あなたの新しい家のために観葉植物をもってきてあげようと思って」と私は、笑いながらいった。本当に観葉植物をもってきてあげればよかったと思い、私はなんて機知があるんでしょうと思い、なぜ彼はまだ私を愛してくれないのかと思いながら。

「ここに来ちゃいけないよ、スージー」と彼はいう。「ここにいるのはすごく危険だよ。特別な許可がいるんだ」彼は私を見もしない。彼は両手に手袋をはめていて、手袋にはいっぱい油がついている。私をその手袋でつかんで私の体とすてきなドレスをどこもかしこも油で汚し私を地面に押し倒してほしい、頭上には車がたくさん走って、車の群れの天井。

「スージー。帰れよ」彼の声が大きくなり、ほとんど意地悪なくらい。私は帰ろうと上りはじめ彼は私の太腿《ふともも》に手を当てて押し上げてくれようとして、これは誓っていうけど私をすごく感じさせたので私はさっさとまた穴の底に落っこちたかったけれどパトリックにはまた会いたいし、もしそんなことをすれば、彼は私に対して永遠に扉に鍵《かぎ》をかけたままにするにちがいない。

路上に戻ると、車はひどくのろのろに見える。空気は明るく私は鼻の中に油の臭いが残っているのがわかる。私は何もすることがなくてもう土曜日は夜になりかけていて私はパトリックが穴から出てきて最初にしたいのが私に会うことだとは思わない。私はバーにゆきビールを飲む。バーテンダーは私を見ず、その代わりに私の隣にいる完璧《かんぺき》なポニーテールの娘にたくさん話しかける。私はプレッツェルを一袋食べてしまい、それから袋をリボンみたいに裂いてゆく。この経験の全体はわずかに三十分しかかからず、私は無視されているのに飽きて、店を出る。

私は口の中にビールの味が残ったまま通りを歩き、その味は温かく苦くすばらしく、そしたらなんとあの女の子がまたいるのだ、おへそ娘が、体をのけぞらせて、あの驚くべき穴を世界にさらして。この娘はなんにも考えてない。

彼女をゆき過ぎるとき、私は彼女の手首をつかみ彼女をほんの一、二ブロック戻ったところにある、道路の穴に連れこみたいと思う。彼女は私を見てほほえむ、なぜなら私を怖がる必要はないと知っているからで、彼女は私を仲間だと思っているが、そうではない。私はこんな風におへそをまるで私だけのためというようにあっけらかんと開いている娘を本当に踏みにじってやりたい。彼女を傷つけたい、なぜなら彼女はしあわせそうでデートの約束もありそうで、たとえ今はなくてもすぐできそうに見えるから。私はゴミ入れの脇で彼女とやり、それから彼女を樹のように切り倒したい、彼女が私にまた来てほしいと思うかどうかも関係ない、彼女の家の人たちがどれだけ彼女を愛していようが関係ない。私は歩き私は歩き私は歩きやがてマウント・ザイオン病院にゆきつくがそれは私がママの家のすぐ近くまで来たということで私は家のまえを通り、二階の窓には、テレビのまえでポテト・チップスをかかえたエレノアがちょっとだけ見える。私はエレノアにはあまり関わりたくない。望んでいるのはだいたい、彼女の目を覚まさせることだ。目を覚ましなさい！　私は彼女にたっぷり水をかけてやりたい。私は歩きつづける。私は姉と話をしたくないし、ママには絶対に会いたくない。

私は美容院のまえを通りかかるがそれは最後の最後のかけこみ客のために遅くまでやっている店だ。ちょうど閉まるところで私は中に入り、私の髪をぜんぶ切り落として本当に短くおしゃまな感じにしてと頼むが、美容師はすごく疲れてへとへとで、まちがいなく子供を五人かかえているか何かだと思うけど、ともかくものの十分くらいでやってくれる。料金は十ドルだという、一分につき一ドルなのだろう。出来栄えは、よくない。私は立ち並ぶお店のウインドウで自分のシルエットをチェックしつづけ、首をふってはそこに映っているのが私だということを確認する。うなじにさわってみると、いい感触だ。私は脇道をずっとジグザグに歩きつづけ、そのうち高級ホテルにやってきてそこに迷いこみそこには年配のお金持ちの男たちがぞろぞろいて私はかれらに近づく。

「誰か、一杯ごちそうしてくれない？」と私が訊《き》くとみんなが微笑しみんながそうしたいと思うのだが、実際におごってくれる人はいない。みんななんとなく一斉に首をふり、老いたアヒルみたいだ。私がホテルの赤い別珍のカウチにどすんとすわると、年配の男がやってくる。

「ちょっと聞こえたんだけどね」と彼はいう。「よろこんで一杯ごちそうさせてもらうよ」

私は彼を見上げてほほえむ。髪は白髪が多いけれど、とてもハンサムだ。

「うれしい。なんでもいいわ、あなたが私に飲ませたいもので」彼がバーに行っているあいだ、私はカウチに深くすわって目を閉じている。彼が戻ってきたとき、私は気楽でなまなましくセックスを感じさせるイメージを与えたい。脚をひらき、股《また》のところがほんのちょっぴり暗く見えるようにする。カウチの背に両腕をいっぱいにひろげて、世界全体をこれはぜんぶ私のもの、と主張しているみたいにする。私はとても自信にあふれている。彼はウォッカなんとかをもって戻ってくる。温度は零下十度でグラスにはいちめんに霜《しも》がつき、とても冷たくて水っぽい味がする水みたいにのどをすべってゆく。私は五分で酔っぱらう。

彼はいろんな質問をし私は嘘で答え、それから彼はちょっと上の階にある彼の部屋に上がらないかと訊いてくるので私はそうしたいかどうかよくわからないままに、ともかく上がる。

部屋は九階にありスイートだ。金色のアンティークの蛇口があり壁にはちょっといい風景画がかけられたとてもいい部屋で、窓から橋とちょうどあちこちで一斉にともりはじめた街の灯が見える。

彼は私の背後に立ち、ドレスのジッパーをさっさとはずし、私は目を閉じて彼がパトリックなのだと想像する。いまパトリックはたぶん私がどこにいるんだろうと考えていてあるいはあんな風に穴の中で私にすごくいやな気分にさせて本当にすまないと思っているかもしれないし、あるいはああやって穴にまで入ってくるなんて頭がおかしいんじゃないかと考えて二度と会いたくないと思っているかもしれなくて、たぶん彼は正しいのだ。なぜなら私はこうしてホテルでお金持ちのビジネスマン、実際に自分の父親かもしれない人と、やろうとしているのだから。

私は目を閉じて男の手を私のいたるところに感じ彼の体のことを考える、胸毛も白くて皺《しわ》が多いんだろうかと。そして私は彼ののどを長い鋭いナイフで切り裂きたいと思い、すると濡《ぬ》れる。

「これはとてもすてきな思いがけないできごとだ」と彼はいう。「休暇にこんなことまでは期待してなかったよ」

私は何もいわない。私の両目は閉じたまま。彼は私にキスしそれはまずまずのキスで彼は私の顔をはさみいい匂いがして私の中の扉が開き私は泣きたい気分になり彼の皺のある白毛まじりの胸の中に這《は》い入って泣きたいと思いそれはまるで彼が自分の手をどうにかして私の心臓に突き通したみたいな感じだ。

私はもう帰るべきなのだが、帰らない。彼は私をベッドのほうへと誘導し、私のエネルギーのすべてはいまは泣かないことに集中している。私はいつ彼に服を脱がされ寝かせられたかも気づかずただ呼吸法の練習をしている、1、2、3、吸って、吐いて。泣くな、泣くのはかっこわるいぞ、でも私ののどには涙の大型台風が渦まいていて私はそれをばらばらにしようとする、あっちへ行け、そしてひとかけらずつおなかに飲みこんでしまおうとする。私が両手を彼の両腕に置くと皮膚が少し滑る、彼はそれくらい歳をとっているのだ。それで私は目を閉じたまま彼はエレノアで彼女がすっかり体重を落として皮膚がぶかぶかになってしまったのだと考えることにする。彼はエレノアで彼女は私が小さくてパパが出ていったころみたいにかぶさるようにして私を抱きしめる。そのころ私はパパが私を取りかえそうとして窓から入ってきて、そしたら何かにつまずいて死んでしまうとずっと考えていて、エレノアは私の額を撫《な》でてパパがつまずくようなものは何もないわと私に話した。彼女が窓のそばを片付けておくからというのだ。私は姉が私のことを笑わず、それどころかものを片付けておいてくれるというので姉のことがとてもとても大好きだった。それで私はまた泣きたくなった、エレノアに対する愛のせいで、そして目を閉じたままにしているのに涙がたまってきて私は両腕をつかみお尻《しり》を動かして私は私のエレノアがこんなに痩《や》せられたことにすごく誇らしい気持ちになる。そして彼女の皮膚がきっちり縮んで体にフィットするようになったら、ああ彼女はとても美しくなるだろう。姉が美しい子になり私のほうは背景にひっこんで目立たない醜く無口な子になったなら、どんなにすてきだろう。

彼の息遣いが変わり、私は彼が満足のうめきをあげて果てたのにまるで気づかなかった。彼は私の上からすべり落ち、手だけが私のお尻にふれつづけている。私はこの休憩時間を待っていた、お手洗いに行けるように。

私は目を開く。彼の顔はすぐそこにあり、赤みがさし汗をかいていて、顔にはまぬけな微笑が浮かんでいて私は礼儀正しく作り笑いを返し失礼といってからアンティークの黄金色の蛇口と小さなプラスチック瓶のホテルのシャンプーのある浴室にゆきトイレにすわる。

一瞬、私は真二《まふた》つに割れて六歳児的混乱を見せてしまいそうな気がする。まるでロシア人形のようだが、私の場合、両側がうまく合わない。でも割れることはなくて、その混乱の時は終り、私はちょっとだけ涙をぽろりと流すが、こみあげてくる涙を必死で飲みこむ状態はおさまった。私はただトイレにすわる私の体の中の私であり、すっかりくしゃくしゃになった新しいショートの髪型をして鏡に映った自分を見ている。

私が部屋を出るとき彼は眠っていて、私はドアから出てエレベーターを下り道路を通って自分のアパートに戻る。暗くて留守電には何のメッセージもなく、赤い光は点滅していない。誰も私に電話しなかったのだ。パトリックは私に電話をしなかった、今夜は二人ですごすという約束だったのに。

鏡のまえに立ち、いま着ているこの小さなドレスをまとった自分の体と、左右ちがう長さに折られた靴下を見て、たったいま飲み物を一杯買ってくれただけの六十五歳の男とやっちゃったことを忘れようとする。あの体全体がおちんちんになるという幻想を思い浮べ、自分とやりたいという気分になろうと努力してみる。さあ、と私はいう、あのすてきなお尻を見てごらんよ、あの体を見て、この娘をものにしたいでしょう、この娘をやっちゃいたいでしょう。

でも私の目にうつるのは青いドレスを着て短い髪をしてさびしい目をしている女の子だ

けで私はぜんぜんまったくこの娘とやりたくなんかならない。彼女はすごく疲れているように私には見える。私は窓際にゆき、あらゆる色をした都会の光を見て窓から頭を出す。かなり風が強くて、私は髪を風に洗わせ車に乗っている犬みたいな気分になり風は冷たくて目に涙がにじみ私はそれがさびしさの涙だというふりをしてちょっと鼻をすする。

夜はおおむねしずかで、遠くの物音だけが聞こえる。しばらくしてからタクシーが下で止まる。それがクラクションを鳴らすと短いスカートをはききらきらした髪の三人の女の子が私の建物から出てきてタクシーに乗りこみこの娘たちはもう笑い声を立てている。風が私の目に涙を出させせつづける。私は彼女たちの頭上に鬼瓦《おにがわら》のようにじっとしていて窓から落っこちてあのタクシーの屋根に着地しあの娘たちが行くところについていってやろうかと思う。屋根の金属は曲がり女の子のひとりの頭にごつんとぶつかり彼女はパニックを起こして運転手にむかって叫ぶが運転手には聞こえないだろう。助けて、と彼女は友達にいう、何かへん、車の屋根が曲がっちゃった！ 他の子たちは彼女が冗談をいってるのだと思うが、本当なのだ。私という塊が彼女の上にいて、街の光を見、空が急いで私を通りすぎ、私は彼女の頭蓋骨《ずがいこつ》をつぶすまであの金属を下に押しつづける。私のお尻と彼女の脳みそ。私の重みが彼女の重荷。私は目を閉じスピードを感じる。風が私のドレスをふくらましトンネルみたいに私の中を通りすぎてゆくのを感じそれはやがて寒さでしびれた私が何も感じなくなるまでつづき、いつ止まるのかはまったくわからない。

癒す人

町には二人、突然変異の女の子がいた。ひとりは火の手をもっていて、もうひとりは氷の手をもっていた。他のみんなは普通の手をしていた。二人の女の子がはじめて会ったのは小学校のときで、三週間ほど友達だった。二人の親はよろこんだ。特に母親たちは何時間も電話で話し、出産の日のショックをくりかえしくりかえし語り合った。

私はある午後、校庭でのできごとを覚えている。火の女の子が氷の女の子の手をつかむと――ぷふっ――まさにそんな風に、二人は互いを中和したのだ。二人の手はあたりまえの生身になった――ミュータントは退場、普通の子の登場。火の女の子はパニックを起こし手を放したが、すると彼女の火はただちにまた燃え上がり、氷の女の子の指には冷たいガラスのターバンみたいに、氷がもとどおりにさっと巻きついた。二人はまた手をつないだ。また、うまくいった。このすてきな新しい技によろこんで、二人はたしかしばらくのあいだお金をとってこれを見せ、けっこう小銭を稼いだんだったと思う。見物客は二人の小さな女の子がちっちゃくてパワフルな手で元素をあやつるのを見て大喜びした。

しばらくすると、氷の女の子がこの技は飽きちゃったとやめてしまい、二人は友達ではなくなった。それ以来、私は二人が一緒にいるところを見たことがなかったが、やがて十六歳になって、二人はおなじ科学の授業をとった。私もそこにいた。そのとき私は高三だった。

火の女の子はいちばんうしろの列にすわっていた。彼女の指先からは火花が汗のようにしたたり床のリノリウムの上でしゅうしゅういった。彼女は人なつこそうにも、人を寄せつけないようにも見えた。放課後、彼女は煙草を吸う子たちにいちばん人気があった。彼女のことを、これほどかっこいいライターはないと思う子たちだ。

氷の女の子は最前列にすわってポニーテールにしていた。彼女は氷の手をポケットに入れていたが、手がそこにあることはわかった。だって、水が漏れているから。私は学年のはじめ、二人が何年ぶりかで面とむきあったときのことを覚えている。火の女の子は、彼女の火の手をさしだした。たぶんまたあの技をやってみるために。でも氷の女の子は首をふった。わたし、握手はしないの。それが彼女のいったとおりの言葉。火の女の子が気を悪くしたのがわかった。私は火の女の子に同情のまなざしをむけたが、彼女はこっちを見なかった。授業が終わると彼女は煉瓦《れんが》の壁沿いを歩き、次々と煙草に火をつけていった。

小さな赤い環《わ》が一列に並んだ。彼女は煙草を吸う子たちとつきあいはしなかった。ただ義務をはたし、それからひとりで、歩いて家に帰った。

私たちの町は周囲を環状の丘に囲まれていて、そのため入ってくる人もいないし出てゆく人も誰もいなかった。出てゆくのに成功した男の子がひとりだけいた。彼は人前で演説をするのがとても上手な子で、ある午後オールド・ミッジという、環状の丘の中でもっとも低いのを越えて、永久に姿を消してしまった。六か月くらいしてから彼は母親に魚のついた絵葉書を送ってきて、それにはこう書かれていた。「大都会にいます。あちこちで演説をしています。愛を。J」母親は絵葉書をコピーして、全市民に配った。私はそれをベッドのそばの壁に貼った。私は通学の途中、いつも、彼の演説を想像した。それにはいつも私が登場した。「きょうはリサの話をします」とJの声がはじめる。「生身の両手のあるリサです」普通、私はここで止めた――それからどう続ければいいのか、わからなかったから。

その秋の科学の授業では、火の女の子が指でものを燃やした。彼女は本入れの袋に乾いた落ち葉をひとやま入れて教室にもちこみ、終業のベルが鳴るころには彼女の机は灰だらけだった。彼女にはこうすることが必要みたいだった。とはいえそれは、いくつかのありえた友情の妨げになった、なぜなら大部分の人には彼女が怖くて近づけなかったから。私は近づこうとしたけれど、何ていえばいいのかまるでわからなかった。その年のクリスマス、私は彼女に薪《まき》を一本あげた。はいこれ、と私はいった。燃やせるようにもってきてあげた。彼女は泣き出した。私は、気に入らないの？　と訊《たず》ねたが、彼女は、ううん、といった。彼女はそれはすばらしい贈りものだわといい、それ以来、私の名前を覚えてくれた。私は氷の女の子には何も買わなかった。だいたい、氷の女の子に、何をあげればいいだろう？　彼女は学校以外の時間の大部分を病院ですごし、病気の人たちを助けていた。彼女は痛みをやわらげるのがとても上手だ、とみんながいった。彼女の水には癒《いや》しの力があった。

そのうち、火の女の子がロイに出会った。そしてそのとき、すべてが変わった。最初に二人を見つけたのは私で、それは偶然で、私は誰にもいわなかった。だから私のせいじゃない。ロイは両親がいなくてひとりで暮らしている子だった。彼はほとんど学校に来ず、刻む人だった。彼はかみそりの刃で自分の皮膚にいろんな模様を刻んだ。一度、私は見たことがある。土曜日にみんながピクニックをしているとき、私は退屈して、男の子たちのお手洗いに迷いこみ、するとそこに彼がいて彼はどうやって皮膚に文字を刻むのかを見せてくれたのだ。彼は自分の脚にＯＵＣＨ（痛い）と綴《つづ》っていた。文字は白く盛り上がっていた。私は手をさしのべそれにふれ、それからまっすぐ家に帰った。その文字にふれるのは辛《つら》かった。文字はまだ、皮膚みたいに感じられた。

火の女の子がどうやってロイと知り合ったのか、たしかなところは知らないが、二人は午後をよく山のふもとですごし、彼女は彼を焼いた。毎日、新鮮な皮膚を試す。私は放課後オールド・ミッジのそばに長い散歩にゆき、いつか本当にそこを越えるのだろうかと考えていたとき、はじめて二人を見かけたのだった。私はもう少しで手をふってハーイと声をかけるところだったが、そのとき、何が起きているのかがわかった。彼女は私に背中をむけていたけれど、それでも彼女が前屈みになり火の指を一本、彼の肘《ひじ》の内側に当てているのがわかって、彼は目を閉じうめき声をあげていた。炎はしゅうしゅうと音を立て、接触のたびにぱちぱちといった。彼女はしゅうっと息を吸いこみ、それから手を放し、二人は息遣いを荒くしてぐったり崩れ落ちた。ロイは腕に新しい痕《あと》をつけていた。これは文字にはなっていなかった。それは黒くこまかい紋様として、渦を巻いていた。線でできた小さなつむじ風。

私はくるりとまわって立ち去った。私の手はふるえていた。その場に戻ってもっと見たいという誘惑を、断ち切らなくてはならなかった。私はずっと歩きつづけ、結局、町を一周してしまった。

翌月にはずっと、ロイと火の女の子は本当にしあわせそうに見えた。彼女は科学の教室に落ち葉をもちこむのをやめ、授業に参加するようになり、ロイは通りで私にほほえむようになったが、それは以前には絶対にないことだった。私は放課後の山歩きをつづけ、二人が木陰《こかげ》で体を寄せあっているのをよく見かけたが、立ち止まって見ることを私は二度と自分に許さなかった。かれらのプライバシーを侵害したくなかったし、それだけではなかった。二人を見ていることにはどこかあやうい流砂を思わせるものがあり、いきなり足を取られて引きこまれてしまいそうだったのだ。私はただ、通りがかりでもわかるかぎりのことを知った。二人がいたところは、いつもなんだかバーベキューみたいな匂いがした。

これが私におなかをすかせ、そのことが私を居心地悪くした。

オールド・ミッジの麓《ふもと》にキャンプに行ったどこかの家族が、二人を見て噂をひろめたのだった。

火の女の子が人を傷つけている！　とかれらは話し、ロイは説明しようとしたが彼の腕や太腿《ふともも》には指紋みたいな傷がたくさんあり、太腿にはOUCHの文字が浮かんでいて誰も彼の話を信じなかった。人々はその代わりに書かれた文字のほうを信じて、彼を孤児院に入れた。彼はガラスを食べるようになったと、私は聞いた。

火の女の子は牢屋《ろうや》に入れられた。彼女は危険だ、と誰もがいった。彼女は物を燃やす、彼女は人を焼く。彼女はそれが好きだ。それは本当だった。牢屋で彼女は番人の前腕を火の手でつかみ、煙の出るタランチュラ形の手形を残した。番人は病院にゆき、氷の女の子に痛みをやわらげてもらわなくてはならなかった。

町中が、その週はずっと、火の女の子の噂でもちきりだった。みんながいった、彼女は頭がおかしい！　あるいは、彼女は野蛮だ！　私は夜、自分のベッドに横になり、火の女の子が精神を集中してロイに体を傾けているところを思った。私は彼女が木立の中で太鼓みたいに身をふるわせているのを思った。

私は火傷《やけど》患者の病棟にゆき、氷の女の子を見つけた。何らかの答えをもっている人がいるとすれば、私の考えでは、彼女しかいなかった。

彼女は体中に赤いはれもののある、ベッドで寝ている病気の男の上に手をかざしていて、彼女の氷が彼の口に滴をしたたらせ、彼はそれにわくわくしているようだった。

牢屋まで来てほしいの、と私はいった。あの子をちょっとなぐさめてあげて。

氷の女の子は私のほうを見た。あなた、誰？　と彼女は訊ねた。

私はがっかりした。おなじ科学の授業をとってるじゃない、と私はいった。リサよ。

彼女はうなずいた。ああ、そうだった、といった。まんなかにすわってるわね。

私は病院のベッドに寝ている男を見た。彼の顔には至福が浮かび、彼女の顔には憂鬱《ゆううつ》が浮かんでいた。

あなたにはあまり楽しくないことみたいね、と私はいった。

彼女は答えなかった。牢屋に来て、と私はいった。おねがい、あの子、すごく不幸なのよ、たぶんあなたなら力になってあげられる。

氷の女の子は生身の手のほうにはめている腕時計を見た。彼女のそばで横になっている男は何か猫がのどを鳴らすような音を立てた。一時間後に来てくれたら、とやっと彼女はいった。ちょっとだけつきあうわ。

ありがとう、と私はいった。善《よ》いことが、もうひとつできるわよ。

彼女は薄い眉《まゆ》をあげた。善いことはもう十分したの、と彼女はいった。ただ、牢屋って見たことがないから。

私はきっかり一時間後に戻り、私たちは二人で出かけた。

牢屋の番人は氷の女の子を見て顔を明るくした。女房が癌だったとき、と彼はいった、あんたがすっかり治してくれたね。氷の女の子はほほえんだ。彼女のほほえみは小さかった。私は火の女の子がどこにいるのかを訊ね、番人は指さした。気をつけて、と彼はいった。あの娘は頭がおかしい。彼は咳《せき》をして、脚を組んだ。私たちは彼が指さしたほうにむかい、私が先に立って歩いた。

火の女の子は自分の独房の奥にいて、マットレスの中の綿屑《わたくず》を燃やしていた。彼女にはすぐ私がわかった。

はーい、リサ、と彼女はいった。元気でやってる？

うん、と私はいった。科学の時間、いまはカエルをやってるよ。

彼女はうなずいた。氷の女の子はうしろに立ち、分厚い石の壁や低い天井を見まわしていた。その場所はじめじめして黴臭《かびくさ》かった。

誰を連れてきたか見てごらん、と私はいった。彼女が力になってくれるかもしれない。

火の女の子は見上げた。へーい、と彼女はいった。二人はうなずき交わした。とても礼儀正しかった。私はうんざりした。私の考えでは、牢屋ではそんなに礼儀正しくする必要はない、もっと気楽にやっていいはずなのだ。

それで、どうにかしたいと思って、私は氷の女の子のところにゆき、半ば嫌がっている彼女の手をポケットからひっぱり出した。それをそのまま前にもってゆき、独房の格子越しにそれを突き出した。手は驚くほど重かったので、私は新たな同情にみたされた。それは巨大な冷たい岩のように感じられた。

ほら、と私は手をちょっと振りながらいった。やってごらん。

火の女の子は氷の女の子の手をつかんだ。うまくいくかどうかわからなかった。魔法は中学のあいだに消えてしまったのではないかと私たちはみんな思っていたと思うが、そうではなかった。二人がふれあうとただちに、氷は溶け火は消え二人は牢屋の格子越しに手をとりあっている普通の女の子たちだった。こうしていると二人が二人だとわからないくらいだった。二人の顔を見ても、ちがって見えるのだ。それは映画スターが裸で、メーキャップをせず、小さな目をぱちぱちしているところを見るみたいだった。

火の女の子は身をふるわせはじめ、両目を閉じた。彼女はぎゅっと握った。

こうしてるとすごくほっとする、と彼女はつぶやいた。

氷の女の子が顔をしかめた。私にはちがうな、と彼女はいった。彼女の顔はちょっと紅潮しはじめていた。

火の女の子は目をひらいた。ちがうわよね、と彼女はうなずきながらいった。もちろん。あなたにはちがうわよ。

私は自分の両手を組み合わせた。うなだれた気分だった。自分にはついていけないところに二人がいることを思った。

あなたの手を一日中にぎっているわけにはいかないわよね、と火の女の子が小さな声でいった。

氷の女の子が首をふった。私は病院にいかなくちゃ、と彼女はいった。手は貸せない。

氷の女の子は居心地悪そうに見えた。顔がしだいに赤みを増していた。もう一秒だけ、にぎっていた。私の手が必要なの、と彼女はいった。そして手を放した。

火の女の子は首をうなだれた。彼女の手は一瞬で燃えさかり、渦巻く炎となった。私は山での彼女をまた想像した——指先でロイを味わっている、あの快楽のリボンを。

もうひとりの女の子の指先には氷が音を立てて巻き戻った。彼女は一歩後退し、顔からは赤みが消えた。

いやね、と火の女の子は、手首をふり火の粉を飛ばし、独房の中を行ったり来たり歩きながらいった。何もかも燃やしてやりたい。何もかも燃やしてやりたい。彼女が寝台の鉄枠をつかむと、やがてそれは彼女の掌《てのひら》の下で赤熱《せきねつ》した。わかる？　と彼女はいった。わたしが考えているのは、そのことだけ。

切り落とすことだってできる、とそのとき氷の女の子がいった。

私と火の女の子は、彼女をじっと見た。

冗談でしょう？　と私がいった。火の手を切り落とすなんてできない。美しいものなんだから。すばらしいものなんだから——。

けれども火の女の子は寝台から手を放し、格子にしがみついていた。うまくいくと思う？　と彼女はいった。どうにかなると思う？

氷の女の子は肩をすくめた。わからない、と彼女はいった。でもやってみる価値はあるかも。

私はここで抗議したかったが、私は演説家ではなかった。演説家は永久に町を去り、いい演説をすべて持ち去ってしまったのだ。私は文をはじめては途中であきらめることをくりかえしていた。結局、二人にいわれて、私が刃物を探してくることになった。私がいないあいだ二人が何の話をしていたのかは知らない。どこにゆけばいいのかわからなかったので、家に走って帰り、台所にあった大きな鋭い包丁をもって、かけ戻った。十分後には私はまた牢屋《ろうや》にいて、息を切らしていた。包丁の木製の把手《とって》をベルトに剣のように差して。

火の女の子はびっくりしていた。早いわね、と彼女はいった。私は得意になった。これなら私は速い女の子になれるかもしれないと思った。一瞬、私は自分をアタランタと改名することを考えたが、よく見ると火の女の子はすごく神経質になり、怯《おび》えているのがわかった。

やめて、と私はいった。無くなったら、後悔する。

でも彼女はすでに手を伸ばして包丁を手にし、壁にむかって火花を散らしながら独房の中を行ったり来たりしていた。話しかけているのは、だいたい自分自身にむかってだった。そのほうが何もかもずっと簡単になる、と彼女はいっていた。

氷の女の子は無表情だった。ここにいるわ、とポニーテールをむすびなおしながら彼女はいった。あなたに手当てが必要になったときのために。私は彼女を蹴《け》ってやりたいと思った。私の胃には、おそろしい痛みが募ってきた。

火の女の子は深く息を吸った。それからひざまずくと、彼女は炎を踊らせている手を牢屋の石の床に置き、手首の肉がはじまるちょうどそこにがつんと包丁を振り下ろした。一分ほど前後に刃を動かしたあと、彼女は叫び声をあげ、手が離れ、彼女は氷の女の子にかけよって、氷の女の子は癒しの手を直接、傷口にあてた。

火の女の子の頬には涙がおびただしく流れ、彼女は足踏みしつづけた。切り落とされた手は床の上で煙の雲に隠れていた。氷の女の子はかがみこみ、痛みをやわらげる人としての顔を集中させていたが、何か奇妙なことが起こりつつあった。氷の手が効かないのだ。氷がまるでないのだ。氷の女の子は自分がただの生身の手をして、切り落とされた手首の根元をつかんでいるのに気づいた。中和され、正常になって。火の女の子は恐怖にとらわれつつ見下ろした。

ああ、と火の女の子は訴えた。絶対放さないで、おねがい、だめよ、おねがい、でももう遅すぎた。彼女の手首はすでに空中に投げ出されていた。

火の女の子の腕は、肘《ひじ》のところまで炎上していた。炎はまえよりも大きく、よりだらしなく、指によって導かれないだけ器用さにかけた炎だった。ああ、だめ、と彼女はそれを振り落とそうとしながら叫んだ。ああ、だめ。氷の女の子は黙って自分の手をつかみ、それは彼女の生身の掌につつまれてゆっくりとふたたび氷化し、無感覚になっていった。私は片隅でもじもじし、胃の痛みは消えかかっていたものの、何かいうべきことをいおうと考えていた。けれども火の女の子の体はいまでは二倍に燃えていて、二倍の音を立て、二倍も力強く、すべてが二倍なのだ。私はそれはあいかわらず美しいと思ったが、私はただの傍観者にすぎなかった。氷の女の子は黙ったまますっと廊下を歩み去り、私もそれから二、三分とどまっただけだった。とても見ていられなかった。火の女の子は煉瓦《れんが》の壁にばんばん腕を打ちつけはじめた。私が帰るとき、彼女は切り落とされた手首をもってすわり、それを指一本ずつ、燃やしつくしているところだった。

彼女は一週間後に牢屋を出られたが、かれらは彼女の腕を氷を入れたブリキのバケツにむすびつけさせた。氷の女の子がそこに何滴かのしずくを落とした、氷を特に強力にするためだ。バケツはときどき熱くなったが、彼女の腕はしずまったようだった。彼女が出た日、私は会いにゆかなかった。家にいた。私は自分に責任があると思い、恥じていた。氷の女の子を牢屋に連れていったのは私だし、包丁をとりにいったのも私、そして何より悪いことに、それがうまくいかなかったことに私はとっても安心していたのだ。会いにゆく代わりに、私はその日、家の自分の部屋で腰をおろし、大都会にいるJのことを考えていた。彼はもう私についての演説をしなかった。いま、私たちは交通量の多い通りのまんなかに二人で立ち、びゅんびゅん通り過ぎる車の群れを避けながら、私は彼をぎゅっと抱きよせて彼の肌を学びはじめているのだった。

火の女の子の釈放の日、町じゅうに彼女についてのあらゆる噂が飛び交った。彼女、灰だらけだった！　生身の手が一本だけあって、あとはすっかり炎だった！　私が個人的にいちばん好きだったのは、彼女の歯さえも小さな四角い炎だったというやつだ。真実をいうと、彼女は町の裏手、山のそばに小屋をみつけ、その小屋は金属製で、彼女はそこに住むことになったのだった。

おかしいのは、こうしたすべての後で氷の女の子に起こったことだ。彼女は病院の仕事をやめて、立ち去ったのだ。私は自分が出てゆこうと思っていた、あるいは火の女の子が出てゆくかもしれないと思っていた。でも出ていったのは氷の女の子だった。私はおととい、道で彼女とすれちがった。

元気でやってる？　と私は声をかけた。病院はどう？

彼女は顔をそむけた。まだ私の目を見ることができなかったのだ。病院ではみんな病気よ、と彼女はいった。彼女はそこに立ったままで、私はそのあとにつづく言葉を待った。もし私が、と彼女はいった、自分の腕を切り落としたら、私の体全体が凍ってしまうかもしれないって、わかる?

すごい、と私はいった。それでどれだけの人を治せるかなあ、考えてごらんよ。私はそういわずにはいられなかった。刃物がどうこういいだしたことで、私はまだ彼女に怒っていたのだ。

うん、と彼女は一瞬、目を私にむけてきらりとさせながらいった。ほんとよね。

私は彼女をよく見た。牢屋での彼女の顔を思い出した。火の手が切り落とされ、それからどうなるかを見ていたときの顔を。たぶん、別の結果を望んでいたのだろう。私は自分の両手をポケットに入れた。話したことなかったわね、と彼女はいった。でもね、私は何も感じないの。ただ氷を感じるだけ。

私はうなずいた。驚かなかったのだ。

彼女はちょっと方向を変えた。もう行くわ、と彼女はいった。さよなら。

氷の女の子がいなくなったことを町の人たちが発見したとき、大騒ぎになって、誰もが火の女の子を非難した。みんなは彼女が氷の女の子を燃やすかどうかしたと思ったのだ。自分の金属の小屋をけっして出ることがなく、居間にすわって、腕をあのバケツにつっこんだままの彼女が。町全体が彼女を責めつづけたが、やがておなかを空かせた看護師さんが病院の冷凍庫を開けて千個の小型カップが魔法の氷で満たされているのを発見した。かれらはそれがあの子の氷だとわかった、なぜならそのカップを心臓発作の患者さんのところにもってゆくとただちによくなり、二日後には退院できたから。なぜ氷の女の子が去っていったのかは誰にも理解できなかったが、みんなは火の女の子を責めるのをやめた。その代わりに、氷のカップのオークションをやった。人々は家を抵当に入れてでも、小さなカップひとつを買った。念のために、家族全員が健康な場合ですら。ただ、念のために。これはフリーザーに入れておくにはもってこいのものだから。

カップを手に入れられなかった人たちは火の女の子のところにいった。困ったり、さびしかったり、苦しんでいるときに、かれらは彼女に会いにいった。運がよければ彼女は燃える腕をバケツから出して、手首の先端でかれらの顔にやさしくふれてくれた。火傷《やけど》はゆっくりと癒《い》えて、頬には痕《あと》が残った。痛いの？　いま、町にはそんな痕のある人々の一群が歩きまわっていた。私はかれらに訊《き》いた。するとかれらは傷痕のある人々はうなずいた、うん。でもね、それは何かすてきな気持ちだったんだ、とかれらはいった。長く感じられる一瞬のあいだだけ、世界がかれらを抱きしめてくれるような気がしたのだった。

無くした人

むかしひとりの孤児がいて、無くなった物を探し出すのが上手だった。両親は彼が八歳のときに死んだ——海で泳いでいるうちに波が荒くなり、互いに溺《おぼ》れる相手を助けようとしたのだ。少年が砂浜で、昼寝から目を覚ましてみると、ひとりになっていた。悲劇のあと、町の人々が共同で彼を育てることになったが、両親が死んで二、三年すると、彼には物のありかが、それが見えないときでもわかるようになった。この能力は彼の十代のあいだ育ちつづけ、二十代に入ると彼は人が無くしたサングラスや、鍵《かぎ》や、コンタクトレンズやセーターを、実際に嗅《か》ぎつけることができるようになった。

近所の人たちが彼の才能を発見したのは偶然だった——ある晩、彼はジェニー・シュガーの家にいた。彼女をデートのお迎えにいったのだが、そのときジェニーの母親がヘアブラシをどこかに置き忘れて、そのことをブツブツいいながら探しまわっていた。若者は鼻をひくひくさせ、ちょっと台所のほうにむきなおり、スプーンやナイフがしまってある引き出しを指さした。デート相手は吹き出した。そんなばかなところにブラシを入れるわけないじゃない、と彼女はいった。食器の引き出しだなんて！　彼女は自分の意見の正しさを証明し、ナイフを振ってみせるかスプーンで髪をとかす真似でもしてやろうと引き出しを開けたが、いざ開けてみると、ぶうん、そこには灰色の巻き毛がからみついたヘアブラシが、重ねられたフォークの山の上にすわっていたのだ。

　ジェニーの母親は若者の頰にキスしたが、ジェニー自身は一晩中、彼のことを疑いの目で見ていた。

　あれ、ぜんぶ仕組んだんでしょう、と夕食を食べながら彼女はいった。うちの母を感心させようとしたんでしょう。まあ、私は感心しなかったけどね、と彼女はいった。

　彼は説明しようとしたが彼女は聞く耳をもたず、車を彼女の家に寄せたとき彼が今夜は楽しかったと言い終わるよりも早く彼女は逃げていったのだが、楽しかったというのはいずれにせよ嘘だった。彼は自分の小さな部屋に戻り *lonely*（さびしい）という単語について、それが音からいっても二つの *l* のそれぞれが勝手にぽつんとそびえている字面からいってもいかにさびしいものであるかを考えた。

　若者の能力の噂が近所にひろまるにつれ、人々は二通りの反応を見せた。心から評価している人たちと、懐疑的な人たちだ。評価している人たちは彼にたびたび電話をかけてきた。彼は学校にゆく途中に立ち寄って、鍵を探し出してやり、お返しに自家製マフィンをもらった。懐疑派もやはり彼を呼び、鷹《たか》のような目で彼を観察していた。無くなった物を彼が見つけ出すことに変わりはないのだが、かれらはそれを手のこんだペテンだといい人の気を引くために彼がそれをやっているのだと主張した。たぶん、とある女が、人さし指を空中でふりかざしながらいった。たぶん、あの子は物を盗んでわたしたちに無くなったのだと思わせ、それを別の場所に移してから、人の家にやってきて見つけてみせるんだわ! そもそも本当に無くなったのだということが、私たちにどうしてわかるの? いったいどういうことかしら?

若者は自分でもわからなかった。彼にわかっているのはささやかだがしつこい、ひっぱられるような感覚で、それは子供に袖《そで》を引かれるようで、その感覚が彼を正しい方向にむかわせどこを探せばいいかを教えてくれるのだった。すべての物はそれ独自のやり方で空間に住みこんでいて、そのやり方により位置を伝えてくる。若者は物のありかを感じ、嗅ぎとることができた——物がその重心をどこに置いているか、見なくても感じることができたのだ。予想されるとおり、何マイルも離れたところにある物は、自分の左手二フィートのところにある物よりも、ずっと強い集中力を要求した。

アレン夫人の小さな息子がある午後、家に帰らなかったときが、もっともむずかしい事件だった。レナード・アレンは八歳でふだんは三時五分に学校から帰ってくる。彼にはアレルギーがあって、遊びに出るまえに薬を飲まなくてはならなかった。その日、三時四十五分までには、ひとりぼっちのアレン夫人は憔悴《しょうすい》しきっていた。あの子が迷子になることなんて、まずない――一度だけスーパーマーケットでいなくなったことがあったけれど、そのときは野菜類のテーブルの下で泣いているのがすぐに見つかった。学校から家まで歩いて帰る道は一直線だし、レナードは道草を食う子ではなかった。

アレン夫人はごくありきたりなご近所の人だった、ただひとつの驚くべき事実を除いては――彼女は遺産としてもらった、「緑の星」と彼女が呼ぶ巨大なエメラルドの持ち主だったのだ。それは彼女の台所にガラスのケースに入れて置かれていて、誰でも見ることができた。彼女が見せたがったのだ。ときにはパーティーの余興として、彼女はその尖《とが》った緑でステーキを切ってみせた。

この日、彼女は「緑の星」の覆いをとり、掌《てのひら》を石に押し当てた。坊やはどこにいったの？　と彼女は泣いた。「緑の星」は冷たく、平らだった。彼女はすすり泣きながら、お隣にかけてゆき、隣人はしずかに歩いて彼女の家までつきそって帰ってきた。二人は家中を隈《くま》なく探し、それから隣人が若者を呼ぶことを勧めた。この隣人は若者の力を信じていた。アレン夫人は懐疑派だったが、どんなことでも試してみようと思い、電話がつながるとふるえる声でこういった。

あなた、わたしの息子を探しなさい。

若者は友達とバスケットボールをしようと出かけるところだった。彼はバスケットボールをお風呂《ふろ》の浴槽の中につきとめていた。

いなくなったんですか？　と若者はいった。

アレン夫人が説明しようとしたとき、電話に割り込み音がした。

ちょっと待ってちょうだい、と彼女はいい、若者は待った。

彼女の声が戻ってきたとき、それは怒りでふるえていた。

誘拐された！　と彼女はいった。「緑の星」をよこせといってる！

若者はそれで電話の相手がアレン夫人だとわかり、うなずいた。ああ、と彼はいった。わかりました。町の人は誰もがアレン夫人の「緑の星」のことを知っていた。すぐ行きます、と彼はいった。

女の声は涙でぐずぐずで答えにならなかった。

バスケットボールのショーツとシャツという姿で、若者はアレン夫人の家に走っていった。「緑の星」が全体にわたって正確におなじ色合いの緑であることに彼は驚いた。それを舐《な》めてみたいと思った。

そのころにはもう、アレン夫人はヒステリー状態になっていた。どうすればいいかはいわなかったの、と彼女はしゃくりあげた。私のエメラルドを、どこにもってゆけばいいの？　どうすれば息子を返してくれるの？

若者は少年の匂いを感じようとした。写真を一枚くださいといい、それをじっと見つめた——幼稚園の卒園式での茶色い髪の男の子——が、若者がこれまでに見つけたことがあるのは物ばかりで、それも無くなった物だけだった。盗まれた物、あるいは人を、見つけたことはなかった。警官ではないのだ。

アレン夫人は警察に電話し、ひとりの警官が戸口に姿を見せた。

ああ、見つけ屋さんか、と警官はいった。若者は控え目にうなずいた。彼は右を見た。左を見た。北。南。北のほうにかすかな感覚があったので、裏口から出て裏庭を抜けた。夜が近づき空は輝き、暗闇に染まってゆくように見えた。

なんていう名前でしたっけ？　彼はアレン夫人に大きな声で訊《たず》ねた。

レナード、と彼女はいった。彼は警官が手帳をとりだし基本的な質問をはじめるのを聞いた。

男の子を感じることはできなかった。空気は感じられ、「緑の星」の内側にあるひっぱる力は感じられた。それはもともとアジアの故郷から移されてきた物だった。家のまえの庭にある、ヴァージニア州から移されここに植え替えられた樹木のひっぱる力もわかったし、叔父《おじ》からもらった彼自身の腕時計のひっぱる力もわかった。父親のようにふるまおうとして叔父は彼にそれをむりやりくれたのだが、二人ともその行為が偽わりだということを知っていた。

たぶんもう、男の子は遠く離れすぎているのだ。

彼は警官が質問するのを聞いた。どんな服装でしたか?

アレン夫人は青いシャツといい、若者は青いシャツに焦点を合わせた。気が散るものをすべてオフにしてゆくと、その青いシャツが、ラジオ局の波長が合うように、北西から呼びかけてきた。若者はどんどん歩いてゆき、十四軒ほど先にゆくと彼は青いシャツが彼にむかって叫んでいるのを感じ、そのまま裏庭に歩み入り、裏口から家に入ると、たしかにそこでは、四人の人間がテレビを見ていてそのひとりは涙のあとのある男の子で鼻をすすりながらキャンディー・バーを食べていた。若者は少年を抱き上げたが、他の者たちはあまりに驚いて何もできずにただそれを見ていて、中のひとりはこうつぶやきすらした。よう、悪かったたな。

十四軒分を戻るあいだ、若者はレナードを花嫁のように両手で抱いていた。レナードは鼻を鳴らすのをやめて星を見上げ、若者はピーナッツ・バターの記憶でいっぱいのレナードの髪の匂いを嗅《か》いだ。レナードがどんなことでもいいから何か質問をしてくれないかと願っていたが、レナードは黙っていた。若者は頭の中で答えた。息子、と彼はいい、その単語は大理石の床に置かれたビー玉のように、ころころと転げまわった。息子、と彼はいってみたかった。

彼がアレン夫人の戸口に着いたとき、戸口は大きく開かれていて、彼はそこに黙っているレナードとともに入り、アレン夫人はたちまちぽろぽろと涙をこぼし、警官はばたんと扉を閉め、出ていった。

彼女は若者に千回も感謝し、「緑の星」をあげるとまでいったが、彼はそれを断った。レナードはテレビをつけ、ソファで丸くなった。若者は近づきレナードに見ている番組のことを訊ねたが、レナードは親指をくわえたままで返事をしなかった。

元気になりなよ、と彼はやさしくいった。バスケットボールを脇の下にかかえ、若者は肩を落として家に歩いて帰った。

自分の小さな部屋で、彼は服を脱ぎベッドに横になった。何も身につけていない裸の子供だったら、靴もなく、ネックレスもなく、髪留めもなく、腕時計もなかったら、彼には見つけられなかった。その晩、彼は他の場所から移されてきた樹々のざわめきを聞きながらベッドに横たわり、樹々のとまどいを感じることができた。ここには雪がないね。雨があまり降らないね。どこにいるんだろう？　この土はどうして変なんだろう？

胸のまえで両手を交叉《こうさ》させて、彼は自分の両肩をつかんだ。じっと集中するんだ、と彼は考えた。どこにいるの？　すべてが空白で、しずかに感じられた。ひっぱる力は、少しも感じられなかった。彼は両目をぎゅっとつぶり、質問が浮かんでくるにまかせた。どこにいったの？　ぼくを見つけにきて。ここにいるよ。見つけにきて。

じっと耳をすませば、打ち寄せる波の音が聞こえるかもしれないと彼は思った。

遺産

せむしは妊娠した少女に赤ちゃんが生まれるまで、彼女を高校から匿《かくま》ってやることにした。彼は彼女の継母《ままはは》のほうの義理の伯父《おじ》で、ひとりの執事と数匹の甘やかされた猫たちとともにお城に住んでいた。苦境におちいった彼女の両親は問題にどう対処すべきかをあれこれ考えつづけたが、そのうち父親にすばらしい案がひらめいたのだった。あのお城だよ！　きみの変わり者の兄さん！　もう娘と関わりあいになりたくないので、二人は娘をお城行きの列車に乗せた。おなかのたっぷりしたドレスをつめたスーツケースと、お礼の羊歯《しだ》の鉢をもたせて。

顎《あご》を昂然《こうぜん》と上げて、少女はお堀にかかった四百段の石段をのぼり、あてがわれた寝室からの庭の眺めが気に入ったと思った。執事は羊歯を捨てた。彼女はおなかを両腕にかかえてあちこち飛びまわり、一方、グルメな菜食主義者であるせむしは、寒い石壁の台所で、彼女にほうれん草のクリーム煮やバター味のマッシュド・ヤムなどを食べさせた。

妊娠五か月になったころには、二人は恋人どうしになっていた。彼は彼女の体を舐《な》めまわし、彼女のふくれた乳房に渇きを覚え、彼女が自分のことをひとつの完結した環《わ》であると感じるまで彼女をすみずみまで味わいつくした。

あの人を相手にして本当にイッたことはなかったのよ、とある夜、彼女はおなかを指さしながら、せむしにむかってささやいた。まえに誰かに聞いたんだけどね、妊娠のとき女がイッたら、赤ちゃんはしあわせになるんだって。だけどね、と彼女はつづけた。もしそれが本当なら、この子はほんとに哀れな子だわ。

せむしは大声で笑い、彼女をきつく抱きしめた。なぜならほんの十分前、彼の舌に執拗《しつよう》にぴちゃぴちゃやられて彼女はイキつづけるのを止めることができなかったのだから。彼は、あるいはおれたちの幸運が届くかもしれないよ、妊娠後の幸運が、といい、彼女は彼の百万個の枕に身を沈めながら満足そうに息をついた。眠るときには、彼女は彼の背中からスプーンを重ねるようにぴったりくっつき、彼女のはりだしたおなかが彼の背中のこぶのすぐ下の空間に完璧《かんぺき》におさまった。

彼女は幸運が太腿《ふともも》の内側を、火花を散らし、こちょこちょとくすぐりながら、やわらかいダイアモンドの群れのように上ってゆく夢を見た。

赤ちゃんが生まれても、彼女はここを去らなかった。誰も訪ねてこなかったし、いずれにせよ迎えが来ても一緒に帰るつもりはなかった。私はここにいたいの、と彼女はいい、彼はうなずいた。彼はおれの部屋に移ってこいよといい、彼女は二時間以内にそうした。背に奇妙なくぼみのある椅子があり、四本柱があるミッドナイト・ブルーのベッドの置かれた部屋だ。彼女はある朝、彼の机にむかい、赤ちゃんを彼の子とする書類、彼を正式な父親とする書類を準備していたのだが、たまたまそのとき整形手術のクリニック名がついた医師の書類を見かけた。これ何、と彼女は大きな声でいったのだが、せむしは薔薇《ばら》園で草むしりをしていた。この人が私の赤ちゃんのおとうさんになるのだと思っていた彼女が書類を読んでみると、二年前、このありきたりな正常な男は自分の背中にこぶをつけてもらったのだということがわかった。医師たちは彼の皮膚を切開し、肩のあたりに脂肪のかたまりを注入し、それにはたくさんのお金がかかったのだが彼はすごくお金持ちだった。書類にはこう書かれていた。警告。食べ過ぎはこぶの大きさに影響を与えます。それで感謝祭の晩にこぶが腫《は》れた理由が彼女にはわかった。彼女はそれを気のせいだと思っていたのだけれど。

あなたって、本物じゃないの？　と彼女は絶叫し、赤ちゃんが眠っているあいだに外の畑に出てゆき彼の背中を指でぐいぐい押して彼が痛いよというまで止めずそれから彼女はあなたは偽物、偽物、偽物！　といって赤ちゃんを抱き上げると四百段を一気にかけおりた。彼女は都市の街路を歩きそのうち柄のよくない地区に安アパートを見つけた。彼女は脚のない男に出会った。どうしてこうなったの、と彼女が訊《き》くと、ぼくが車の下にもぐって修理しているのに父が気づかなかったんだと彼はいい、彼女はすごくお気の毒ねといって服を脱いだ。男は、けれども、せむしのようなすてきな恋人ではなかった。彼女はたまにイッたが、それはせむしの手や舌を思い出すことを彼女が自分に許したときだけだった。彼女は落ち着き、身体に変形がある人専門の看護師の仕事をはじめた。けれども赤ちゃんは、幸運な子だということがわかった。映画スターになったのだ。銀色のドレスを着て映画に主演し、みんなは長い長い睫毛《まつげ》のある彼女の巨大な顔をスクリーンで見て、この女優は特別だといった。

彼女のキャリアがあんな終わり方をしたのは、ひどく不幸なことだった。五番目の作品の撮影現場で、若手女優は測り知れないさびしさを感じながら両腕に頭を載せてメーキャップ・テーブルにつっぷしてすわっていた。私には美貌《びぼう》と名声と富があり恋人たちがいる、と彼女は考えた。それなのにとても不幸。しばしば訪ねてくる彼女の母親が、トレーラーのドアをノックした。ねえ、と扉を開けながら母親はいった。みなさんが——母親は文の途中でやめた。ただちに、見てしまったのだ。どういうこと？　と母親は息を呑《の》み、驚愕《きようがく》の表情で、扉にもたれかかって体を支えた。若手女優は重い頭をもちあげ、鏡に映った自分を見た。見えたのは背中にまるで人造の丘のようにもりあがっているこぶで、おそるおそる手をうしろに回してそれにふれながら、思わず宙に浮かぶような安心感を、彼女は抑えることができなかった。

ポーランド語で夢見る

一人の老人と一人の老婆がいて、二人はおなじ夢を見るのだった。二人は結婚してから六十年、腕の皮膚がいまでは手首のところまでベッドから蹴落《けお》とされたシーツのように垂れ下がっていた。二人は世界でもっとも年老いた人たちだったかもしれない。家の外で肘《ひじ》をつきあわせて、あなたが思い描くとおりの枝編みの椅子に一緒にすわり、通りすぎる人々を見つめていた。ときには前の晩に見たイメージを造園士だとか誰であれ通りがかった人にむかって大声で話した。大部分の人はかれらにむかって一瞬ほほえみ、すぐに舗道《ほどう》に視線を落とした。それから夜になると、老人と老婆は寝室に入り、白いシーツをめくってそれにくるまり、シーツの下にあるものを分かち合うのだった。

＊

この夏、私は金物屋で働き、母はワシントンDCに行ってそこに新しくできたばかりのホロコースト博物館で家畜用車両に乗ることばかりを話していた。どうやらこの博物館は、アウシュヴィッツを世界中でいちばんよく再現しているらしい。私は行きたくなかった。私は日曜大工をする大たちのためにまちがったペンチを買ってしまった妻たちに払い戻しをしているほうがしあわせだった。それに母と私はこの時点までで、主だった強制収容所博物館めぐりをほとんどすませていたのだ——前の年の夏にはパリで髪の毛の山を見ていたし、アムステルダムでは数々の白黒写真のまえを歩いたこともあった。私は行きたくなかったのだが、母は、なぜか、それを切望していた。壁に貼られた人々の伝記の掲示を見ながら彼女の手がふるえるのを私はじっと見て、母は何を考えているのだろうと思った。

母はこうした旅を計画する以外には、これといってすることがなかった。彼女は教師で、夏のあいだは自由だったが、私はお店で忙しく、鉢植え用の土の袋を完璧《かんぺき》に整然と積み重ねていた。午後は町の中央広場にあるよくわからないギリシャの神さまの像から鳥の糞《ふん》を削り落とすことに使った。この像がそこにあることは、まったく説明がつかなかった——いちばんの年寄りたちですら、いつからそれがあるのかを誰も覚えていなかったのだ。それはまるで地中から生えてきたかのようだった。金物屋の店長はそれを輝かせておくことを義務と心得ており、毎日の午後、お客の少ない時間帯に、私を外に送り出し、私は筋肉質の鉄の腿《もも》から乾いた白をこすり落とし、がっしりした灰色の二頭筋を布で磨いていった。これほど親密に手をふれたことのある男は他にいなかった。私は日曜の朝のヒットチャート番組でかかっていた歌を頭の中でうたいながら、彼をきれいにした。私は何曲もの歌を頭の中で鳴らしつづけた。なぜならそれがいちばん頭を使わずにすむことだったからだ。

家では夜、父の世話をした。病気で一日中、寝たきりなのだ。母は私のほうが看護にはむいていると思っていた。私は父に一日のできごとをぜんぶ話し、隣の部屋で母が見ているテレビを聞き流していた。母はおもしろいと思うものを見ると手首をぽきぽきいわせる癖があった。笑い声を立てる代わりに、それをやるのだ。

父は店でのこまごましたことを聞くのが好きだった。金物の話をするのが好きだった。

「きょうはレンチの返品はあったかい?」と父は訊《き》いた。両腕を棒みたいに、体の脇にまっすぐ伸ばしている。

「うん」と私は答えた。「ミセス・ジョンソンがまちがったサイズのを買ってしまったというからそれを交換してあげて、それから車が故障して車用のが欲しいという男の人も寄ったわ」

「変速器だな」と父はさらにリラックスして枕に顔を埋《うず》めながら、心得たようにいった。

年老いた男と女が、あるとき豚が溺《おぼ》れた夢を見た。いつものとおり、二人はこれを近所の人々に伝えた。自分たちの声の響きを、注意深く聴きながら。二人はちゃんとした文でしゃべることはほとんどなく、代わりに若くて熱心な詩人みたいに、イメージを断片的に叫んだ。

「豚」と老婆がいった。

「息しない」と彼がつづけた。

「豚を押して」と彼女がいった。

「そして茶色、死んでいる」

その日、町の向こう側の農夫が通りがかりに二人の言葉を聞いたのだが、彼が家に帰ると妻が飛び出してきて、トラクターが誤って土の代わりに豚を一頭すくいあげそれを堆肥《たいひ》の山にまっさかさまに放り投げたといった。豚は足がかりもなく、頭から墜落し、窒息した。農夫はこの話にあきれ腹を立てたが、寝るまえにトイレに行くまでその意味をよく考えずにいて、そのときになってあの老人と老婆のことを思い出した。そして茶色、死んでいる。動揺した彼は、妻にむかって町の予言者の話をし、妻はただちにご近所じゅうにそれを話した。その知らせが伝わってきたとき、老人と老婆はただほほえみ肘の骨をそっとくっつけあった。たるんだ皮膚のせいで二人の腕の内側にある入れ墨された番号はほとんど読めなくなっていた。

私は父に鉢植え用の土を持ち帰り、ラディッシュの苗の鉢をベッドのわきに置いて、世話するものをもたせてあげた。父は目薬用のスポイトでそれに一日二十回くらい、根元に戦略的に水滴を落として水をやった。――こうすると成長能力を高めることになるんだ、と父はいった。そして私が父に植物は話しかけてやるともっとよく育つよと教えたので、一日の中途半端な時間に、湿った土にむかって秘密をささやいている彼の姿を見かけることになった――自分の夢について、病気であるとはどういうことかについて、だろうと思う。あるいははじめてのキスについて、そしてそれ以外の物語も。

けれども私が父のそばにすわると、話をするのはもっぱら私だった。セリアの逸話集。父は猛烈に熱心に、私が四年生のころ何をしたかを知りたがった。そのころは父は元気で、私がやることに関心を抱いていなかったからだ。父は巨大な空港から空港へと飛びまわり、商売をするのに忙しかった。そのころ父は、息子ができて芝生の上でキャッチボールをすることを夢見ていた。いまでは娘がいることを神に感謝していると、私は知っている。息子だったら、とっくに出ていっただろう。息子だったら風に吹かれてニューヨーク・シティにゆき、口に含んだ赤葡萄酒《ぶどうしゅ》で愉快になり、手には色っぽい女たちをしっかり抱いて、その一方で田舎の父親はクイーンサイズのベッドでどんどん痩《や》せ細っていったことだろう。

私は父にレギーの話をした。私が三年生のときに好きだったおかっぱ頭のふとっちょの男の子で、彼がケンタッキーに引っ越していった日、私がどんなに泣いたか。それに以前の親友だったロニーの話もした。彼女が十四歳でセックスを初体験し、それはなんてばかげたことだったか。高速車線のロニー。父はベッドにゆったりと腰かけ、私の話をほほえみながら聞いていた。自分がまるで子供みたいに熱心な声で、ぺちゃくちゃとしゃべるのが私には聞こえた。もし私が自分の父親だったら私の頭を撫《な》でてやりたいだろうと思った。するとはたして、私がおやすみのキスをしたとき、父は私の髪を骨っぽい指で、まだしっかりした自信にみちた手つきで、撫でた。

「おまえはいい娘だよ、セリア」と父はいった。「発見されるのを待っている小さな宝物さ」

「あら」と私はちょっといらいらしながら、早口でいった。「私、何も待ってないわよ」

扉をそっと閉めて、私は台所にゆき、いろんなものを睨《にら》んだ。それからコンロをごしごしと拭《ふ》いた、それが私の布の下で真珠みたいにぴかぴかの真っ白になるまで。

＊

ロス・アンジェルスの強制収容所博物館では、あなたは囚人のふりをして二つの扉のいずれかを選ばなくてはならない。ひとつは若くて健康な人のための扉。もうひとつは弱い人たちのための扉で、こちらは、かつてはガス室に直接通じていた。私は「健康体」扉を選び、中に入るとそこは石造りの部屋で他に二十人のユダヤ人がいて、全員が服をいじっている。私は自分がなぜそこにいるのかよくわからず、またもや博物館という拷問を受けているのだと思っていたが、そのうち自分でも知らないうちに天井にむかってハローと声をかけていた。そのとき、私は死者たちを訪れているのだということがわかった。私はかれらに、私が帰ってきたことを知らせたかったのだ。何らかの理由により、私がどれほど望んでも、目に見えないさびしい煙のように天井に漂うかれらを置き去りにすることは、私にはできなかった。

ある日、老人と老婆はパニックのうちに目覚めた。二人は互いを見てポーランド語で何かを早口でいいあったが、これは二人が恐怖にかられたときにだけ使う言語だった。二人は急いでポーチに出て、道路の向こう側でツツジを植えている若い造園士に警告を発した。

「あんた」と老人は叫んだ。「やめなさい！」

豚の一件で老人と老婆をちょっとした予言者だと崇《あが》めている町の人々が通りかかり、立ち止まり、耳をかたむけた。造園士は汚れた手を草にこすりつけた。老婆は何かをまくしたてたが、かがみこんだ体がやわらかい黄色のナイトガウンから見えていた。

「私のまえに他の神なし。さもなければ私たちはみんな死んでいる。町が死ぬ、死ぬ、死ぬ！」彼女は金切り声で叫び、ついで彼女の枝編みの椅子に腰をおろした。

町の人々はただちにその予言を警告とうけとめた。かれらは市長のところに急ぎ、市長は練習した集中ぶりで話を聞き、床を見つめ、ついで話した。

「全町集会だ」と彼は以前には絨毯《じゆうたん》におしっこをした犬に対してしか使ったことのない、きっぱりとした威厳のある声で宣告した。「全町集会を招集しなくてはならない」

ただちに、町民は集まった。造園士は自分が耳にしたことを言い換えた。「『私のまえに他の神なし、さもなければ私たちはみんな死ぬ、死ぬ、死ぬ！』と、こういったんですよ」あまりの不安のせいで、この明らかな言葉を本当に理解できた人は誰もいなかったが、やがてじゃがいも屋（あらゆる種類のじゃがいも――赤、白、茶）を経営するカトリック信者のシルヴィー・ジョンソンが発言した。

「それは第二の戒律です」と彼女は自分の聖書の知識を見せられることに満足して、しずかにいった。

群衆は思い出し、ないしは思い出したふりをして、口々にそうだったとつぶやいた。

「死ぬとはどういう意味だろうか？」と老いた銀行家が訊《たず》ねた。

みんなが何らかの糸口を求めて市長を見上げた。

「ふうむ」と彼はいった。「ふうむ」彼は人々を見わたした。「ともかくそれにしたがおう」彼はこの群衆の中にも神がいるのかもしれないと敬虔《けいけん》な気持ちになっていたのだ。

「解散する」

みんなが体育館から流れ出た。日没までには町中のゴミ箱が、アフリカの彫像やメキシコの色彩ゆたかな仮面や、その他わずかにでも「彼以前の別の神」を思わせるものであふれ返っていた。公園のギリシャの神像については心配する声が高かった。その土台は地中に数フィートの深さまで埋められていたため、動かすのは非常にむずかしかったのだ。結局、市長はそれに白いシートをかぶせ、心配していた民衆はそれに満足したようだった。それは長いあいだみんなが待ち望み、いまは除幕を待っている芸術作品のように見えた。

母はどこをめざすわけでもなく長い散歩をするようになった。午後に家を出て、二、三時間後にどこかの電話ボックスから電話をかけてくる。すると私が車で迎えにいくのだった。家に帰ると母はそのまま父の部屋にゆき、十分間ばかり、父の頬をはさんだり髪を撫でながらメロディーを口ずさんだりして、父にうるわしい愛情をしめすのだ。

私はよく母のようになりたいと思うことがあった。赤みがかった長い髪をしていて、私にとってはそれは彼女が内面の活力にみちていることの証明だった。彼女のどこかに直情径行の遺伝子があり、それはたしかに私には欠けていた。私の髪は茶色。ときどき私は一週間ばかり赤毛に染めてみることがあったが、それは小間使いにお姫さまのガウンを着せるような気分だった。育ちがともなっていなかった。

あるとき、日没の光が居間にさしこんできて、私の髪が赤く、母の髪のように本当に赤く、染まったことがあった。私は光が自分の髪を炎上させるのを数分間にわたって見つめ、髪をひとつかみもちあげてはそれを落としてみた。まるで別の国にいるみたいだった。そこでは空気が目に見えるほど熱く、背中にはびっしょり汗をかいていた。一瞬のあいだ、私の両脚と背中のげかげた屈強さを感じた。それから隣の部屋でパパがラディッシュに水をやりながらその水滴を小さな声で数えているのを聞き、それから私は髪の赤を洗い落とそうと、シャワーを浴びにいった。石鹸《せっけん》で体を、まるで自分の体ではないように、それが若くもなく、やわらかくもなく、好奇心にみちているのでもないように、ごしごしと洗った。何かを欲しがらないとはどういうことなんだろうと想像しようとした。自分が欲しかったすべてのものを溝に流し、それらが沈黙し、私から渦巻き遠ざかってゆくのにまかせようとした。

ある午後、店から家に帰ると、父がベッドから落ちて床に倒れていた。何かの発作を起こしたようだった。なぜならシーツが足元のほうにロープみたいにねじれて丸まっていて、ラディッシュはカーペットの上で割れ、素焼きのかけらと土の山になっていたから。母は散歩に出ていた。私は電話にかけより、それをじっと見てから、父のそばにかけ戻った。父が息をしていたのはわかったが、頭が妙に傾いていて名前を呼んでも反応がなかった。私はともかく何度か父の名前を呼んでみたものの、手をふれたくなかった。ふだんは黄色い毛布で隠されている太腿《ふともも》の奇妙な黒い毛が見えた。私は裏庭に出て、レモンの木の周囲を、小さく締まった環《わ》を描きながら何周も走った。頭を内側にかたむけて求心力をつけ、こうすれば私がどこかに飛び出してしまうことが防げると信じながら。鉄道の駅に、どこか美しいところにゆく列車が待っているだろうかと考えた。運転士は最後尾の乗務員用車両に愛人を囲っているのだろうかと思った。運転士が列車の車両伝いに彼女に会いにゆくのを想像した。列車は揺れるが、彼は会いにゆく、揺れる長い列車の中で彼女を抱くために、そして私はどんどん列車を長くしてゆく、彼を押しとどめながら、十両、二十両、彼は彼女に会うまでにとんでもない長さをゆかなくてはならない、私は彼をどんどん押し戻し、押し戻していると母が玄関の扉を開けるのが聞こえた。母はまっすぐ父の部屋に入っていった。家にかけこんだ私は、母が父の体のそばでひざまずき、片手を脚に当てて、脈をとっているのを見た。

「セリア」と母がいった。彼女は書店の茶色い袋をぎゅっとつかんでいた。どんな本を買ったのだろう、と思った。

「ここよ」と私はいった。

母は私を見た。「お父さんを上げるのを手伝って」と母はいった。「お父さん、大丈夫よ」

ベッドに戻すと、父は正常に、ごく普通の眠っている人のように見えた。母がハンバーガーを作ってくれて、私たちは五時間、テレビを観た。火曜日の夜、まずまずまともな番組の見られる夜だったので、運がよかった。寝るまえに、私はちょっと父の部屋をのぞいてみた。息遣いはしずかだった。私は立ち止まり、床を汚す土の中に埋もれている赤ちゃんラディッシュを指で探り当てた。それは固くて、爬虫類《はちゅうるい》の心臓のように赤かった。

老人と老婆はあいかわらずおなじ夢を見ていたが、彼女はもうポーランド語以外しゃべれなくなっていた。それにもかかわらず、たいてい少なくとも八、九人の熱心な信者たちがかれらの家のまえにすわり、話を聞いていた。全体として、町はいま警戒態勢にあり、ぴりぴりしていた。戒律の件で神経質になっている人々は、毎日を非常な注意をもって暮らし、とりかえしのつかない失敗をしないように一所懸命だった。ミセス・ジョンソンがレンチを自分の足の上に落とし、ついうっかり「ひどい星回り!」といってしまったときには、金物屋のお店は一瞬、恐怖につつまれた。みんなが息をとめ、これでおしまいだ、と考えた。実際には何も起こらなかったのだが、ミセス・ジョンソンは目眩《めまい》を感じながら急いで家に帰り、その夜、子供たちを寝かしつけるときには、どの家でも親たちは子供たちをいつもより強く抱きしめた。

老婆は彼女の聴衆が気に入っていて、もう誰も彼女のいうことを理解していないのだということには気づいていないようだった。彼女は造園士にむかって長く複雑な質問をポーランド語でした。ところが造園士の両親も移民だったため、彼はいつも適切にあいづちを打ち、しばしば庭から花を一本摘んできて、帰るまえにそれを彼女にあげた。老婆はその花をいつも夫とつないでいる手にもち、二人は黙って、忍耐強くすわっているのだった。指先を、花によってむすばれながら。

ある午後、母は散歩にでかけ、帰ってこなかった。午後九時までには父はやきもきしはじめたようだった。テレビがついているかどうか、何度も私に訊いたからだ。テレビがついているということが、母が家にいることの確実なしるしだった。しばらくしたら、私はともかくテレビをつけた。父には自分の部屋からでも、それが電気も消えたままの誰もいない部屋で、からっぽのカウチにむかってわめきたてているのだということが、わかったはずだけれど。

十一時になると私も心配になり、いつもの当てのない散歩ではないかと車で書店のそばを走ってみた。町には私と同年代の人しかいなくて、かれらは肩に頭をもたせかけ、口にはビールの味を残し、人を縫いながら歩道を歩いていた。私は手をしずかに恋人の腰にあてて歩いている、高速車線のロニーを想像した。私はナイアガラ・フォールズで青みがかった水が砕け落ちるところにむかって悲鳴をあげ笑っている母を想像した。

家に帰ると、父は寝かかっていた。彼は玄関の扉が開くのを聞きつけ、暗闇から声をかけてきた。

「エレン」と父はいった。

「セリアよ」

「心配しなくていい」と父はいった。「ママにはこういうことがときどきあるからな。じゃあ、明日」

「警察を呼ぼうか」

「いや」と父はきっぱりいった。「いいんだ。明日のいまごろになっても行方がわからなかったら、そのときには呼ぼう。でもママが電話してくるよ」

私はほほえんだ。父がまちがっていることはわかっていた。けれども慰《なぐさ》めのために、私は一晩中テレビをつけっぱなしにして居間にいた。母がよくやるように。たいして真剣に見たわけではなくて、テレビのスクリーンに映る自分の体のシルエットを見つめ、いまここにいるのだということを自分に思い出させるため、ときどき足首をまわしてみただけだった。


翌日の夜、夕食後になっても、まだ何の知らせもなかった。私は父に牛乳をもっていってあげて、ベッドのそばに腰を下ろした。

「電話をかけてくるわよ」と私は力無くいった。

「わかってる」と父はいった。「ときどきこんなことをするんだ」

「そうね」と私はいった。

「まったくな」父は一瞬、私を見て、人さし指で私の髪にさわった。「おまえはきれいな娘だよ、セリア」と彼はいった。「たまには遊びに行きなさい。おれの世話をするのはもううんざりだろう」

「いいえ」と私は何かいうことを見つけようとしながらいった。「いいえ」

「いま誰か好きな男の子がいるのか?」と父は訊《き》いた。

「いいえ」と私はまたいった。「好きな子なんかいないわよ」父は私を見て、また頭をぽんぽんと撫でた。私は自分がほほえむのを感じた。

＊

母は十時に電話をかけてきた。コネティカット州のバーにいて、ワシントンDCの博物館にむかっているところだそうだ。歩きで。まだあと一日やそこらはかかるといい、母は私に父を毛布でくるんで暖かくして、列車で送れというのだった。母は父に来てほしいという。二人で一緒に家畜用車両に乗りたいという。足はすでに豆だらけになったと母はいい、私は彼女が家畜用車両でリラックスし、毛布にくるまった父を抱きながら、二人で大量虐殺のシミュレーションを体験する準備をしているところを想像した。

「お父さんを電話に出して」と母が私にいった。

「寝てるわよ」と私はいった。「私たち、ほんとに心配してたのよ。ママが電話しなかったから。私にはわかってたけどね――でもママがどこにいるかはわからなかったから」

「エレンか？」奇妙に強い父の声が、彼の部屋から聞こえた。

「出して」とママがいった。

「パパは疲れてるのよ」と私はいった。

「セリア」と母は命令した。「出しなさい」

私は父を電話に出した。父は母の声を聞いてよろこんだ。私は父が怒り、私たち二人がどんなに怒っていたかを母に話してくれるのを待っていたが、父の声はまったく怒っているようではなかった。怒る代わりに、父はベッドにティーンエイジャーの女の子みたいに丸まって、受話器に甘い声で話しかけているのだ。私はうんざりして、居間に歩いてゆき、またテレビに映った自分の足首を見ていると、やがて受話器を置く音がした。

「おれに電車に乗ってDCまで来てほしいといってるよ」と父はいった。

「そんなこと」と私はいった。

「でもあったかくして車椅子を使えば、おれは大丈夫だよ」と彼はいった。「だからね、運転手に説明すればいいよ。旅行に出るのはおもしろいぞ」

「ふざけてるの？」と私は訊いた。

「いいや」と彼はいった。「いや、うまくいくと思うよ。ちょっと頭がおかしいと思われそうなのはわかってるが、大丈夫なんじゃないか。おまえの母さんはワシントンまで歩いてる——それはほんとに狂ってるぞ」

　私は父をじっと見た。「おまえも休めるし」と父はいった。「おれたちからちょっと離れて休みがとれるよ」

　父が突然狂ってしまったのかどうか、私にはよくわからなかった。もう数か月、床についたままだった。まるごと一季節のあいだ、一度も外に出ていないのだ。

「ダディー？」と私は訊いた。

「ビタミンCをたくさんとるさ」と父はいった。「うまくいくよ。明日出発する。駅までは連れてってくれるよな？」

　私は彼の部屋の戸口まで歩き父を見た。何枚もの毛布の下でひどく痩《や》せていて、もう彼の体が見えなかった。

「なあ、セリア」と父はいった。「できると思わなかったら、おれはやらないよ」

「朝になったら決めましょう」と私はしずかにいった。父は私にほほえみ、灯を消した。

　私は戸口のところにしばらくいて、ラジオで聴いた歌の歌詞を思い出そうとしていた。何百曲もの歌詞で脳をいっぱいにしようと必死だった。冷蔵庫の掃除をしたが、それはしなくてもきれいだった。ついに私は、家を出た。

夜は暖かく晴れわたっていて、ご近所では明りがすっかり消え、家々のまえの芝はひろびろとしてからっぽだった。私は足の下にある歩道の四角をずっと数えながら歩いてゆき、それが千に達したとき、中央広場のまんなかに立っていた。そこではギリシャの彫像がシートの下からわずかにのぞいていた。私はその土台の下に黙って立ち、あたりを見わたした。公園には誰もいなくて、ただ木々と壊れかけた木製のベンチの環《わ》が私をとり囲んでいた。シートの下にあってすら、彫像はこの場所を支配していた。私はそのまえを行ったり来たり、線を描くように走りはじめた。

「何をするか見ててごらん」と私は土台のまえを行ったり来たりしながら、警告した。遠く離れた窓たちは暗く、人々は願いごとをじっと抱えこんで、眠っていた。走る速度を増すにつれて自分の息が荒くなってゆくのが聞こえた。「彼に見せてやる」と私は、こんどはもっと大きな声で叫んだ。沈黙は巨大でからっぽだった。私はもう少しだけ走り、もっと速く、もっと速く、それから彫像の土台のまえで突然に走るのをやめ、体を止めた。激しく息をしながら、私は白いシートの隅《すみ》っこを握った。隅の部分を指のあいだで何度もこすり、皮膚を摩擦して温め、手首まで温まるとしっかりと握ることができた。そしてそのときたった一度、猛烈にひっぱって、私はシートをはずしたのだ。それはあえぎのように高く吹き上がり、ついでふんわりと地面に落ちて、崩おれ、彫像の背後でうなだれた。

覆いがとれるとその神はかつてなく巨大に見えた——若く、不壊《ふえ》であるように。私は土台のてっぺんに足をかけ、上にあがった。彼の足にのぼり、ついで膝《ひざ》に乗り、彼と正面からむきあう高さまでのぼった。体を支えるために彼の両肩につかまり、腕を両肩にまわして彼の胸にぎゅっと抱きつき、密着した。

「お父さん」と私はささやいた。息遣いがしだいにおさまってゆくあいだ、私は耳をすまし、何かが変わるのを待っていた。

指輪

私は泥棒に恋し、彼は私を仕事に連れていった。

あんまりおしゃべりするなよ、と彼はいった。気が散るからな。

私はおしゃべりなので、これはむずかしかった。彼は押し殺した声で私に台所を見てこいといい、その間、自分は居間のカウチの下を調べに行った。私は小麦粉の缶に手をつっこみ、ダイアモンドの指輪を発見した！　叫び出さずにいるのはとてもむずかしかった！　私は片手で口をふさいで、自分の掌《てのひら》にむかってダイアモンドという単語をくりかえしくりかえしささやいた。私がそれを左手の薬指にはめると、白い粉が手袋の上にぱらぱらとまぶされて、まるで誰かが私を料理しようとしているみたいだった。

泥棒は袋いっぱいの盗品をもって帰ってきた――金の鎖三本、腕時計一個、ダイアモンドのブレスレットが二本、そして輝く匙《さじ》ひとつ――けれども私の革の指にあの指輪が燦然《さんぜん》と輝いているのを見ると即座に私にプロポーズしてきた――それを私の指からはずし、またはめ、ひざまずき、私の目を見た。そしてそこ、よそのおうちの台所で、私は泥棒にむかってイエスといい、私たち二人の目には、あまりにすべてがうまくいったせいで涙があふれた。玄関の扉をしずかに閉めて出た私たちは、手に手をとりあって車まで歩いていった。ここまで来ればじゅうぶん、と彼がいったとき、私はよろこびの叫び声をあげた。

翌日、私たちは結婚を宣言し、婚礼の夜のために彼はスーパーマーケットにゆき、小麦粉を十袋買った。それを私の寝室の床にこぼし、私の泥棒は三十センチもの深さのある小麦粉の砂場を作った。掃除機をかけるのは大変に決まっていたが、それが肌についてもはたけばきれいになるときの感じや私がその上できゅっきゅという音をたてるのが好きだったし、キスを交わせば朝みたいな味がした。

その晩おそく、私は両親に電話し、結婚したことを告げた。母はよろこびの悲鳴をあげ、父が何をしている人なんだ？　と訊《き》いたとき、私はパン屋よと答えた。両親がパン屋のおかみさんの人生に懐疑的であることは電話越しにもわかったが、私はそれはいい暮らしだし彼を愛しているのというと母は大切なのはそれだけよ、ペニー――おめでとう、といい、父はブツブツいったがそれでもよろこんでいることは私にはわかっていた。父のブツブツにはいろんな色合いがあることを私は知っていて、いまのはうれしいときのブツブツだった。

私たちは町のお金持ち地区の小さなアパートに引っ越し、それは彼の職業にとってはいい選択だった。私たちは私の家具を使った、なぜなら彼が家具はもっていないといったからだ。私は家族から結婚のお祝いをもらった。虹《にじ》みたいにいろんな色のある鍋《なべ》つかみセット、ふんわりしたタオルのセット、百万個のカシューナッツ。彼は自分の家族から何ももらわず、彼はそれは自分には家族がいないからだといった。そうなの、と私はいった、なぜそれを知らなかったのかしら。すると彼はいった、たぶん、おれが話さなかったんだね。私はそれがよく飲みこめず、一秒間ほど立ち止まった。彼はいった、おれは何ももってないんだよ、ペニー、家具も家族も。そこで私は口をはさんだ、いまは私がいるじゃない！　するとと彼はほほえみ、私の頭のてっぺんにキスした。

私に私用の優雅な黒い革手袋をわたしながら、彼は自分の手袋をはめて、こういった。仕事の時間だよ、おれの彼女。そして私は彼の革の手を私の革の手にとり、にぎりしめた。なぜならいまや、私は彼の家族だったからで、私たちは四ブロック先のオペラ好きのカップルの大邸宅に行った。その二人は私たち抜きで『ラ・ボエーム』を観ているところなのだ。

私たちは家のまわりを這《は》ってゆき、いつも開いたままの台所の窓にたどりついた。私の泥棒は紳士らしく私に先にのぼらせ、私はこの新しい台所にぱっと花が咲くように登場して、自分がそこで料理を作っているところを想像しながら、くるりと回転してみた。シチューを作ってやろう、ラザーニャを作ってやろう。玄米と水だけを使ってココアを作ってやろう。手をさしのべて私は彼を引き上げ、私たちは略奪の始まりの美しい沈黙の中で、一瞬、たたずんだ。壁が私たちにお辞儀をしているような気がした。それから私はあの奇妙な衝動にかられ、私たちはすばやく探索した。私は大きなアールデコの黒と赤の鏡がある浴室を発見し、彼に来てごらんと手招きした。私たちは鏡の中の私たちを見たが、この鏡にうつると私たちは特に愛しあっているカップルに見える気がした。彼があの居間のカウチの下にもぐりたくてうずうずしているのがわかったので、私は彼にすばやくキスして黄金探しに送り出し、その間に私は台所に戻ってとてもやわらかい白猫を手なずけた。今回はお砂糖を探ってみた、何があるかわからないのだから。すると驚いたことには――砂糖缶のずっと底のほうにもうひとつの指輪があり、今度はそれはルビーで、さくらんぼの皮よりも紅《あか》い石だった。私はそれを手袋の上からはめ、恋人がいろんな品物を入れた袋をかついで戻ってきたとき、それを彼に見せると、すぐそこに誰かのオーヴンがあるというのに、彼は私を空中でぶんぶんふりまわした。彼は私に愛してるよといい私は顔を赤らめてしまい、まるで指輪の姉妹だった。立ち去るまえに、彼は私に猫もいただいていくかといったが、私はだめよ猫は盗んではいけない、それはルール違反と答えた。首輪をつけているし、名前もあるんだから。猫はかれらのもの。彼が窓から這い出すあいだ、私は舌を鳴らす音を出して猫にさよならをいい、猫は流しに飛び乗って青い目をまばたきもせずに、私が去るのを見ていた。

その夜、彼はうちの居間の床に砂糖をはらはらと撒《ま》き、私たちはただ手袋と靴だけを身につけて、砂糖にまみれて愛しあった。私は子猫みたいに彼の肩の砂糖をぴちゃぴちゃと舐《な》めた。それは甘かったけれども、その夜、そこで彼とそうしていることに本当に集中するのはむずかしかった。なぜなら私は、指輪をちらちらと何度も盗み見していたからだ。指輪はまったく同時に、とても明るく、とても暗かった。終わってから、彼はシャワーを浴びて残っている砂糖を洗い流し、私は指輪を手袋からはずしてルーラおばさんにもらった砂糖壺《つぼ》に入れた。あとでその深紅の光輝《こうき》をまたちらりと見ようと行ってみたとき、砂糖も赤くなっていることを発見して、私は驚いた。

何、これ？　ねえ、あなた、砂糖壺にフルーツ・ジュースをこぼした？

彼は寝返りを打っていった、いいや、ベッドに戻っておいで。私はいった、ちょっと待って。そしてあの指輪を、小麦粉に入れてみた。

奇妙だ。朝になると、小麦粉もすっかり赤くなっていたのだ。赤い小麦粉は、これはまちがっている、と見える。

ねえ、あなた、と私はいった。この指輪は漏れてるわよ。そしてそれをカウンターに置くとカウンターも赤くなり、私がそれにペーパータオルをかぶせるとペーパータオルも赤くなり、そしてそう、いまや私の指先も赤くなっているのだった。私は指を水道で洗ってみたが、水は私を濡《ぬ》らす以外のことは何もしなかった。

私の泥棒がシャワーから出てくると、私はいった。ねえ、あなた、この指輪は返さなくちゃいけない。さもなければ私たちの持ち物すべてが、私たち自身も含めて、ルビー色になっちゃうわよ。すると泥棒は腰に巻いていた贈り物のタオルを使って指輪を拾い上げ、タオルは全体が赤く染まり、彼はいった。わあ、きみのいうとおりだ、オーケー。

その晩オペラ好きのカップルは『魔笛』を観に出かけていて、私たちは指輪をこれも当然赤く染まっていた小さな紙袋からかれらの砂糖壺に落とした。かれらの砂糖は赤くならず、それは私には理解できなかった。どうやらかれらの砂糖は特別なものらしくて、そのことに私はちょっぴり気分を害した。だってまるで私の砂糖には、じゅうぶん根性がなかったみたいだから。それでも私は何度も壺のふたをとり、なかにちょこんとおさまっている指輪を見るのをやめられなかった——砂糖の結晶の上できらめき、それはとても美しかった。猫も私と一緒にのぞきにきて、私は猫が欲しくてたまらなかったが、たとえ家に連れて帰りミルクを与え名前を変えても、それが自分の猫だという気分になれないことはわかっていた。

私たちはご近所の家の裏口をこじあけた。ご夫婦はどこか寒いところへ旅行中だった。私は二人が空港行きの送迎車に乗るところを見たが、旦那《だんな》のほうがばかみたいな毛皮の帽子をかぶっていたのだ。

今回、私は何を狙ったか？　私はかれらが台所のカウンターの上に置いている、すべての塩のシェーカーのおじいちゃんみたいな大きな塩の容《い》れ物を狙った。するとそこにははたして、誰か緑色の目をした人が見た草の色をしたエメラルドの指輪が入っていた。

ダンナは私を抱きしめ、このカウンターに塩を撒いてその上でしたがったが、私は塩まみれでセックスをするのはいやよ、だってそれでは私が晩ごはんみたいだし、それもいやな感じで、というと、彼はわかったといった。

私たちは指輪を持って帰り私はそれをうちの塩に入れ真夜中に起き出して塩が緑色になっているかどうかを見てみたら、なっていなかった。

私はベッドに戻った。まだちゃんとある、と私はささやいた。それに塩はまだ塩。

彼は私の耳にキスした。ペニー、と彼はいった。タヒチに行って仕事はおしまいにしよう、また冬になるまで。もう疲れちゃったよ、太陽を浴びに行こう。私はいいわよといって彼は頭を私の肩で休ませた。私は暗闇の中でダイアモンドの指輪、私の小さな囚《とら》われの星を見て、それからベッドをそっと出て塩入れにゆきエメラルドの指輪をとりだしもう一方の手にはめてみた。ふたたびベッドに上がり、彼にぴったりくっついて体を丸めた。二つの指輪を一緒にはめると、とてもきれいに見えた。私は三つめが欲しかった。

あれがやっぱり欲しい気がするなあ、と私は声に出していった。彼は眠っているようだったけれど。

タヒチに着いたとき、豪華な花模様のあるベッドと三角形に折られたトイレットペーパーのあるきれいなホテルの部屋で、彼は赤い包み紙に美しい赤いリボンのついた小さな贈り物をくれて私は包みをひらきどうやら彼はあのとき眠っていなかったらしくてなぜならそれは何だったか？　あのルビーの指輪だったの。

おう、ダーリン、ああ、大好きよ、と私はいい私はそれをはめたいと思い彼が指輪の内側に小さなゴムの帯をつけてくれたのがわかった。私の手の色が変わらないようにだ。それをつけたために彼の指先が赤くなっているのに気づき、私は彼の親切さに感謝のキスをした。指輪はぱっくり開いた傷口みたいに光を捕らえ、私は光のきらめきが赤から緑から白ついでその逆の順番に私の手の指のあちこちで踊るのを見つめこう考えた。私は世界中でこれまでに生きたもっとも魅力的でもっとも愛されているパン屋の妻だわ絶対。

お昼ごはんの一時間後、私たちは泳ぎにいった。私は二杯めのピニャ・コラーダのおかげで、ちょっと酔っていた。ルビーの指輪が抜けて水に落ちた。海が紅く染まった。泳いでいた人たちはみんな悲鳴を上げて水から飛び出した。血だ、誰か非常に大きな人の大量出血だ、と思ったのだ。私は手探りで指輪を探したが、つかむのは水ばかり。目が届くかぎり、海は深紅にきらめき、いくつかの場所ではネオン・サインみたいなマジェンタ色に輝いていた。

私の泥棒は青ざめ、泣き出した。これは海だよ、と彼はいった、いったい何をやってくれたんだ。そして私はいった、忘れてた。彼はいった、これはひどすぎる、緑の指輪を投げこめよ。そして私はいった、でも塩は塩のままだったわよ。彼はいった、やるんだ。それで私はいわれたとおりにした、緑色の指輪をはずし、それを小さな深紅の波の弧の下に放り投げた。何も起こらなかった。泥棒は泣きつづけた。おれは海のそばで育ったんだよ、と彼はいった。青が好きなんだ。それから彼はウェディング・リングでやってみろ、といった。私たちのウェディング・リング？　私たちのウェディング・リング？　と私はいい、彼はやらなくちゃいけないといい私はそうした。手をだらりと垂らし指輪がするりと指から滑り落ちるのにまかせた。指輪は波の表面を切り裂き、まるで水の指にはめられて踊るように海の底までずっと落ちていった。海の色が戻らなかったとき、彼が溜《た》め息をつくのが聞こえた。私の指は裸で、私にはそれが自分の手だとわからないほどだった。

こんどは私が泣き出した。私の結婚指輪は、海の巨大で紅い濡れた口に食べられてしまったのだ。

泥棒は泣きながら立っていて、私も泣きながら立っていて、砂は薄いオレンジ色に光った。環境委員会が早くも装置を載せた巨大なトラックでやってきた。かれらもほとんど泣きそうに見えたが、声の震えを隠すためにメガフォンを使っていた。魚を調べろ、とかれらはいい、誰かが調べてみると魚は大丈夫そうだった。赤い部分を測定したのだ。私はもう世界中の海が紅《あか》くなってしまったのではないかと恐れていたが、かれらはメガフォンを通じて、出血は一マイル沖で止まっているといった。それは一マイル幅の指輪だったのだ。全能の効力はなかったのだ。

泥棒と私はホテルの部屋に戻った。私はバスルームですわり、まるで従業員みたいにトイレットペーパーをきちんと折った。ベッドルームに行くと、彼がシーツの上でセックスをしたいといいだした。私はいやといった。彼はきみはいまでもおれの物か？　おれはいまでもきみを愛しているけど、きみはおれを愛してるの？　と訊《き》いた。それで私は、私はあなたの名前すら知らないしそれをいうなら姓だって知らないし、それにあなたは私たちの愛を海にぽちゃりと落としちゃったんだからいったいどうしてまだ愛さなくちゃいけないわけ？　といった。私は両手を腰にあてて挑戦的な態度をとった。

彼はおれたちの愛がぽちゃりと落っこちたわけじゃないよ、ペニー、ただの指輪じゃないか、といい私はでもあの指輪は小麦粉の壺からとったものであの指輪がなければどうやってあなたのものになれるかわからないといった。

彼は私の顔を両手ではさんだ。私は窓越しに砕け泡立つ波を見ていた。ピンク色だった。聞いて、と私は彼にいった。どうすればいいかわからない。家に帰るわ。

私はひとりでタヒチの空港まで送迎のシャトルバスに乗った。私はカバーのかかったままのベッドにすわり壁をじっと見つめている泥棒を、置き去りにしてきた。私はシャトルバスのいちばんうしろにすわり、ぶっきらぼうな一語だけの返事以外には何もしゃべらなかったのにシャトルの運転手は二語以上の答えを必要とする質問をしつづけ私をシュガーと呼びつづけるので私はどんどんうんざりしてきて彼の手からハンドルをもぎとり窓から投げ捨ててやりたいと思ったのだが、すると突然に彼がある考えを思いつかせてくれた。彼にお金を払ったかどうかすら覚えていないのはこの着想が閃《ひらめ》いてからずっとそればかり考えていたからで、それから飛行機に乗ってからもずっと軽食の時間も映画の時間もディナーの時間もそれを考えていて、降りるとまずそこに行った。家に荷物を置きに帰ることすらしなかった。

白猫はまだそこにいて私がさわるとごろにゃんといったがもっと大切なことには、砂糖壺もまだそこにあった。私はそれを膝《ひざ》に載せ、蓋《ふた》をとって中をのぞきこんだ。砂糖の粒がきらめいた。

ああ、お砂糖ちゃん《シユガー》、私は壺の中にそう声をかけた。あなたが最強。

私はその家の電話――それは海亀の甲羅の電話器でボタンは金色だった――を使ってタヒチのホテルの部屋に直通電話をかけた。驚いたことに、フロントがいうには私たちの部屋は数時間前にチェックアウトしているとのことで、ちょうどそのとき窓ががらがらと鳴って泥棒が入ってきた。

どうしてわかったの？　と私は受話器を手にもったままにっこり笑い、彼は日焼けした疲れた顔で肩をすくめた。

勘があたったんだよ、と彼はいった。『マダム・バタフライ』の最終日だっていうし。

私たちは体を前傾させてぎこちない抱擁《ほうよう》を交わした。私は彼の肘《ひじ》をつかんだ。彼は顎《あご》で私の首をつついた。

体を離しながら、私は砂糖壺を高く掲げた。さあ、これを見て、と私はいった。これが助けてくれるかも。

なんだ、それは？　彼が訊《たず》ねた。

あの特別な砂糖よ。

ああ、と彼はいった。そうか。おれは砂糖はいつだって好きだったよ。

私は少し不安になっていたけれど彼は私に信頼のまなざしをむけて、私は指を一本砂糖の中につっこみそれを舐《な》めた。むむむ、と私はいった。むむむ、ちょっと舐めてみてよ。砂糖の粒が私の舌の上できらめいた。泥棒は私の隣の、枝編みの食堂の椅子に腰をおろした。

すごくおいしい、と私はいった。

彼は自分の革手袋の指をつっこみ、おそるおそる手袋を舐めた。私は彼の表情を注意深く観察した。食堂のテーブルの上にかかっている時計の正確なチクタクを除けば、家はとてもしずかに思えた。

何か変化を感じる？　と私は訊いた。

まだだよ、と彼はいった。

彼はまた指をつっこみ、私もつっこみ、指先がふれあうと彼はこぶしで私のこぶしをつつんでぎゅっと握った。

こんにちは、と私は小さな声で、私たちの指にむかっていった。

彼は手を私の脚に置いた。私の脚は彼の手にぴったりくっついた。

これぜんぶ食べたほうがいいと思う、と私はいった。彼は私のそばに動いてきた。おなかいっぱいだ、と彼はいった。もっと食べなさい、と私はいった。

だけどペニー、これはふつうの砂糖とまるでおなじ味だよ、と彼は私の耳にささやいた。

しぃーっ、と肩で彼の肩にふれ、手に砂糖の新しいひと山をすくいとりながら、私もつぶやき返した。秘密よ。

燃えるスカートの少女

学校からお昼を食べに帰ってくると父が石でできたバックパックを背負っていた。下ろしなさいよ、と私は父にいった。そんなの重すぎるよ。

それで父はそれを私にくれた。

それは一塊の岩だった。それも極限まで稠密《ちゆうみつ》で、灰色で、さわれば冷たかった。小さなジッパーの把手《とって》まで石でできていて重さは一トン。私は塊を背中にしょって前屈みになったが、椅子にすわるにはじゃまなので腰をおろすことができず、仕方なく部屋の片隅で背中を曲げて立っていた。父のほうは口笛を吹きながら、家中を気ままに歩いていたが、いまではリラックスし身軽で快活だった。

これ何が入ってるの？　と私はいったが、父は聞いていなかった、チャンネルを変えていたのだ。

私はテレビ部屋に入った。

これ何が入ってるの？　と私は訊《たず》ねた。すごく重い。なぜ石製なの？　どこで手に入れたの？

父は私を見上げた。これはおれの持ち物だよ、と彼はいった。

どこかに下ろしてはいけないの？　と私は訊《き》いた。部屋の隅に置いておくわけにはいかないの？

だめ、と父はいった。このバックパックはかつがなくてはならないんだ。そういうきまりなんだよ。

私は重さのバランスをとるために床にしゃがみこんだ。何のきまり？　と私は訊いた。そんなきまりがあるなんて聞いたことない。

信じてくれよ、と父はいった。おれは自分のいってることがわかってるんだから。父は二、三回、肩をまわしてから、ふりかえって私を見た。まだ学校に戻らなくていいのか？と父が訊いた。

私はそれを背負ったままのろのろと学校に戻り、私自身とバックパックを机にがつんとぶつけ、先生は私のそばに来てすわった。他の子たちは算数をやっていた。

すごく重いんです、と私はいった。いま、すべてがすごく重く感じられてます。

先生は私にティッシュペーパーを一枚くれた。

泣いてなんかいませんよ、と私は先生にいった。

わかってるわよ、と先生は私の手首にふれながらいった。ただあなたに何か軽いものを見せてあげたかっただけ。

聞きかじった話。

二匹のネズミが迷宮をぶらぶらしている。

一匹のネズミはおなかを押さえている。くそ、と彼はいう。すごい痛みだ。あの、やつらがくれる甘くて小さな砂糖の山いくつかをすっかり食べたら、おなかに頭くらいの大きさのこぶができちゃった。彼は横をむき相手のネズミにそのふくらみを見せる。

相手のネズミは同情をこめてうなずく。まあ、と彼女はいう。

最初のネズミは頭を上げ、ちょっといぶかしげに目を細める。へい、と彼はいう。きみもあの甘いやつを食べたの?

第二のネズミはうなずく。

最初のネズミは鼻をひくつかせる。わからないなあ、と彼はいう。きみを見てごらん。きみは丈夫でつやつやして見える、ぜんぜん病気には見えない。こぶなんかなくて素敵だ、陽気で活発、つやつやして見える。つまりとってもいい感じ！　それなのに、きみもあれを食べたっていうの？

　第二のネズミはまたうなずいた。

だったら、どうしてそんなに平気でいられるの？　と最初のネズミが、ふくれたおなかに小さな爪でさわりながらいった。

平気も何も、と第二のネズミはいった。わたし、犬だもの。


私は手に汗をかいている。それを太腿《ふともも》で拭《ふ》いた。

それから、えっへん、私は父のまえで咳払《せきばら》いをした。父はサラダから顔をあげた。私はパパを塩よりも愛してる、と私はいった。

父は感動したようだったけれど、心臓発作経験者で二年前から塩を断っている人なのだ。だから私のこのランキングの付け方は、父にはそれほどの意味はなかっただろう。実際、「塩気が足りないというのは気のせいである」というのが、最近の彼がいちばん好きなモットーだった。おまえも塩をやめたほうがいいかもしれないな、と父はいった。フレンチ・フライなんか、もう食べるなよ。

だけど私は心臓発作を起こしてないよ、と私はいった。覚えてる？　発作をやったのはパパ。

心臓が弱いのに加えて父は脚も弱く、それで日常生活には車椅子が必要だった。父が一度、私に一緒に椅子にすわってくれよと頼んできたことがある。それで一日すごしてごらんというのだ。

でも私の椅子には車輪がない、と私は父にいった。私の椅子はここでこうしてるしかないわ。

それはそうだな、と彼は居間でウィーリーをしながらいった。これをやるとすごく機敏になった感じがするんだよ。

私は午後ずっと椅子にすわっていた。だんだんじりじりしてきた。手をつかってできることをはじめた。木をこんこんとノックするおまじないだ。私は椅子の脚を少なくとも一時間ばかりはノックして、世界をそうやって守っていた。私はスーパー・ヒーロー、私のあらゆる恐ろしく危険な思考からこうして世界を守っているのだ、すると父が私をにらんだ。

そのこつこつを止めてくれ！　と父はいった。すごくいらいらするぞ。

お手洗いに行きたいの、と私は、椅子に糊《のり》づけになったままいった。

さっさと行けよ、と父はいった。何だって待ってるんだ。父は車椅子を前進させテレビをつけた。

私は立ち上がった。膝《ひざ》ががくがくした。浴室はとても清潔な匂いがし、タイルはきらきらで、私はこれからここを寝室にしようかと思った。浴室にはやわらかいものは何もなかった。浴室にあるものはすべて硬い。きらきらして新しい。ごしごし磨いてあり、真っ白。そこは漂白の宮殿で、必要なのはただ一個の猛烈《もうれつ》なスポンジ、それですべての泥をこすり落とすことができる。

私は手を小さなアヒルの石鹼《せっけん》で洗い、浴室の窓から外を見た。私たちは高層マンションに住んでいて、もし火事になり、エレベーターの使用が禁止され、脱出しなくてはならなくなったら、どうしようと私はよく考える。誰が父を運ぶの？　私？　あるとき私は折り返し式になっている階段に父を連れてゆき、まんなかのすきまから落っことし、下では母が両腕を大きくひろげてひゅーっとうなりながら落ちてくる体をうけとめるというのを想像した。おーい、と私は声をかける。パパをうけとめて！　それから私は階段を小さな子馬のようにかけおり、いちばん下で二人が自動車事故の犠牲者みたいにのびているところを発見し、それが幻想の終わりでふつうはここからこんこん木をノックする私の手が仕事をはじめるのだ。

ポールの両親はアルコール中毒でいつも飲んだくれているので、ポールがぜんぜん家に帰ってこないことにも気がつかない。たぶんかれらはウィスキーに濁った目で、ポールの幻影を見ている。ところがポールは私と一緒にいるのだ。私はポールをクローゼットに閉じこめている。ポールは私の恋人、かわいいポールは私のオリーヴの実。

*

私はクローゼットの扉をかすかに開けて彼に食べ物をあげる。彼は前回の食事の汚れたお皿を私に返し、私はそれを床の上、私のTシャツの山の横に重ねる。クローゼットの外に膝をかかえてすわり、私は彼のもぐもぐごっくんという音を聞いている。

おいしい？　と私は訊く。塩無しのミートボールって、どう？

ポールは暗闇の中にすわっているのが好きだという。私の家はとてもしずかで、まじめな匂いがすると彼はいう。うちがそんなにしずかなのは父がひどく気分が悪くて自分の寝室で休んでいるからだ。爪先歩きでこっそり、こっそり、病気のパパの周囲を。うちがまじめな匂いがするのは、うちがすごくまじめだから。私は少なくとも十年以上、この家で冗談をいったことがない。十年まえ、ヘレン・ケラーについてのジョークを両親に話してみたのだが、私は苦しみに対する恐ろしい鈍感さを叱られて、罰として部屋にこもっていなさいといわれた。

私の想像では、ポールの家ではみんなが下着姿で平気で歩いていて、空気にはバーボンの匂いが濃厚にたちこめそのせいで肌が日焼けするくらい。でも彼は、ちがうという。本当は彼の家もしずかなのだそうだ。ただそれはもっと棘々《とげとげ》しいしずけさだと、彼はいう。もっと鋭いとげのある、もっと軽いしずけさ。私はうなずき、話を聞く。彼はまた、彼の家ではあらゆる木製のものの表面で結露《けつろ》が残す輪がオリンピックの五輪みたいな模様を作っているという。

あるとき食事の代わりに私は自分の手をすきまから入れてみた。彼は私の手を少なくとも三十分は握りしめ、指で私の指をさすり、私の掌《てのひら》の線をたどった。

きみは生命線が長いね、と彼はいう。

やめてよ、と私は彼にいう。長くなんかないわ。

それでも彼は私の手を離さない。デザートはあるの？

私はシャツの胸ポケットからクッキーをとりだす。

彼は私の手をひきよせる。私の肩がクローゼットの枠にぶつかる。

中においで、と彼はいう。一緒にいようよ。

できないわ、と私はいう。私は外にいなくちゃ。

どうして？　彼は私の手にキスしている。彼の唇はとてもやわらかく、ちょっとぱさぱさしている。

どうしても、と私はいう。緊急のときのためによ。私はこう考える。いまや私は教訓を得て、苦しみに対して恐ろしく敏感だ。かわいそうなかわいそうなヘレン・K、目が見えず耳が聞こえずしゃべれない。いま私は非常に敏感なので、ほとんど動くこともできない。ポールがお皿を置き、顔を上げて私の顔に近づける。彼は私をまっすぐ見つめ、私は心の中がざわざわする。目はそらさない。私は自分の頭を切り落としたくなる。キスをするのはむずかしい。もっとディープにキスしようとして頭をめぐらすとただちに、クローゼットの扉がじゃまをする。

一分後、ポールが扉をおしあけ私を中にひきこむ。彼は扉を閉ざしてしまい、中は真っ暗。彼の息遣いがすぐ近くに感じられ、私たちのあいだの空気が濃くなってゆくのが感じられる。

私はぶるぶる震え出す。

大丈夫だよ、と彼は、私の首や肩や顎《あご》やその他の部分にまでキスをしながらいう。私が泣き出したので、彼は外に出してくれる。

父は入院していて死の床についている。

おまえはおれのひとりっ子で、唯一の相続人だなあ、と父がいう。

何の相続人？　と私は訊く。秘密の財産でもあるの？

いいや、と父はいう。でもおれの遺伝子を伝えていってくれる。

私は寝たきりの子や車椅子に乗った子を数人、想像する。私は子供たちをかたっぱしからゴミ箱に投げこむことを想像する、なぜならかれらが働かないから。さらにいくつか悪いことを想像したあとで、私はいつのまにか父のナイトスタンドをこんこんとノックしていて、父はまたいらいらする。

その音を止めてくれよ、と父はいう。おれはもう死にかけてるんだから。

父は末期の苦痛に顔をゆがめる。でも死なない。これは過去にも二、三度あったことで、父はけっして死なない。死の床の場面は二度以上演じられると、ちょっぴり混乱させられるものとなる。本気でいることがちょっとむずかしくなるのだ。病院で私はたくさん祈り、祈るたびに気合いをこめて祈っているのだが、私の祈りは非常にわざとらしくなりつつある。最近では歯をくいしばらなくてはならない。お祈りをしながら、父のにやにや笑っている顔を想像してしまうのだ。私はその顔を頭の中に押し戻す。もう三度も、この笑顔を想像するたび、それは爆発してしまった。すると私は二倍も強く祈らなくてはならない。病院付属の小さな教会でこんな祈り方をしているのは私ひとり、歯をくいしばり両手はげんこを握って信者席の長椅子をノックしている。たぶん、みんなは私が神さまの扉を叩《たた》いているのだと思うだろう、とん　とん　とん。たぶん、ほんとにそうしてるのかもしれない。

終わると、私は脇の扉から日が当たるところに出てゆく。空はとても暑く、病院は陽光の中で薄汚れて見え、床のところに穴が開いている掃除道具小屋があり、その穴から二匹のネズミが顔を出していて私に見えるのは二匹の動いている鼻だけで私は蹴《け》飛《と》ばしてやりたいと思うのだけれど二匹は扉のうしろにぴったり隠れている。私はペストのことを考える。狂犬病のことを考える。病院のカフェテリアのベーグルを半分残してポケットに入れているので、ネズミたちにはその匂いがわかるのかもしれない。小さな鼻を狂ったように上下させている。おなかを空かせていることがわかる。私はポケットに手をつっこみベーグルをとりだすが、ただそれを空中でもっているだけだ。シナモン・レーズン。ポケットの糸くずのような匂いがする。ネズミたちは近づいてこない。礼儀正しくしようとしているのだ。あたりには誰もいなくて私は病院の脇にいて午後もおそく、私に罰を与えるものはなく、とても若い。ティッシュペーパーで作った翼のように風通しがよく軽い。私は自分をもてあましそのベーグルをしっかりつかんでクローゼットの扉のそばにすわっている。

父はどこに行ってしまったんだろう？　私は彼が転がり出てきて、あのナップサックを手わたしてほしいと思う。あれを背負わなければ、私の背中は折れてしまう。

私は新聞で読んだ少女のことを考える——可燃性のスカートをはいた少女。彼女はレーヨンのシフォン・スカートを買った。紫色で、波みたいな線が全体に入っている。彼女はそれをパーティーに着てゆき踊っていたのだが、バニラの匂いのする蠟燭《ろうそく》にあまりに近寄りすぎたため、突然、松葉の松明《たいまつ》のように火がついてしまったのだ。彼女のそばで踊っていた男の子が熱を感じてプラスチックみたいな匂いを嗅《か》いだとき、彼はただちに、悲鳴をあげて燃えている女の子をカーペットに転がした。彼女は両方の太腿《ふともも》の上から下まで、第三度の火傷《やけど》を負った。けれども私が考えつづけているのは、このこと。スカートが燃え上がったのを感じた最初の一瞬、あの子は何を思ったのだろう？　蠟燭のせいだとわかるまえに、彼女は彼女自身に火がついたのだと思わなかっただろうか？　彼女のお尻《しり》の驚くべきターンのせいで、そして彼女の内側にある音楽の熱のせいで、光輝にみちたたった一秒間のことにせよ、彼女はいまこそ情熱のときが訪れたのだと、信じたのではなかったか？

訳者あとがき

ついつい本屋で長い時間をすごす。そんなことはきみにもあるんじゃないだろうか。といっても別に真剣に読むわけではなくて、ただ気まぐれに表紙や背表紙を眺めたり、ぼんやり空中の見えない蝶々《ちょうちょう》を追ったり、お客を観察したり、音楽に耳をかたむけたり。ときにはいずれかの本の一ページを読んで、また棚に戻す。そんな風にしていると、すぐに一時間や二時間がすぎてしまう。怠惰な時間？　そう、でものんびりと楽しく、充実した時間だ。

二〇〇一年の夏、ホノルルのボーダーズ書店で、強い太陽の下で歩き疲れた体を休め汗をさましているとき、ふと興味をひかれるタイトルの一冊の本を手にとった。タイトルは、やっぱり大切だ。何かを予感させたそれは、『燃えるスカートの少女』。知らない作品だった。ところがぱらりと開いたページにある文を何気なく読みはじめたぼくは、たちまち、本当にたちまち、物語にひきこまれた。ほとんど意識を失って現実と夢のあいだの扉に気づかないまま眠りに入ってしまったように、あるいは、ある透明なカーテンを越えて一瞬で別の風景の中に迷いこんだように、立ったまま、十ページあまりのその短篇をひといきに読んでしまった。

　こんなことは普通ない。読み終えて、茫然《ぼうぜん》とした。真に強烈な作品だけがもたらす、徹底的に目が覚めてしまうような、激しい読後感。胸がしめつけられる、という決まり文句が誇張でもなんでもない、青ざめた感じ。窓の外には椰子《やし》の樹が強い海風にそよぎ、青空がひろがって。心は嵐の海のように波打ち、音はすべて奪われて。ぼくにとって、こうしてこの本は奇跡的な傑作「癒す人」からはじまった。ホテルに戻ってその晩を費やしてすべての物語を読み終えたぼくは、その日から彼女、エイミー・ベンダーの熱狂的なファンになった。いまこうして、奇妙でさびしく美しく、ハミングバードの飛行のようにぶんぶんと唸《うな》り音を発している彼女の世界にきみを案内できるのは、ぼくにとってはたぶん一生に何度も許されることではない、大きなよろこびだ。

「癒す人」、それはあまりに完璧《かんぺき》な、これひとつでもエイミー（フランス綴《つづ》りのAimeeだが発音はアメリカ名前のAmyとおなじ）の作家としての天才を証明するには十分な短編だ。でもそれだけじゃなくて、他のどの話も心に残る。とっても不可解で、超現実的で、暗く、でも同時に明るいユーモアにみちて、深く真実。この印象が何かに似ていると思う人も多いだろう。そう、たとえばアンデルセンの童話。事実、彼女にとってアンデルセンやグリム兄弟の残酷な魅力をたたえたお話は、つねに身近にあった、想像力の触媒のような存在だったらしい。どの話を見ても、ある種の根源的な欠乏感、みたされない気持ちがある。そしてそれを埋めようとする、強い欲望。そのひたむきさがどこかで逸《そ》らされて、なんともいえない痛みやさびしさで終わる。さびしさが、ぼくらの中で何かを、見えない涙によって洗い流してくれる。

もっともすべてが暗い話ばかりではなくて、「指輪」のようにとってもチャーミングでハッピーな終わり方もあるし、「酔っ払いのミミ」のようにつつましいエクスタシーとともに終わるものもあった。セックスと変形した身体という主題はくりかえし描かれるが、特に体の変形は「私たちは生身の体によって経験を重ねてゆくしかない」という彼女の基本的な考え方をよくしめしているようだ（エイミーはアマチュアの彫刻家でもある）。そして、ことさらに強調する必要はなくても、「ユダヤ系であること」が彼女につきつける課題も、いろいろなかたちで浮上してくる。「皮なし」とはここでは皮をむかれてひりひりするような二人の関係でもあれば、男性器の包皮切除をおこなうユダヤ教への連想を隠してもいる。「ポーランド語で夢見る」が、もっと直接にナチスの迫害によって強制収容所で死んでいったポーランドのユダヤ人の家系の話であることは、いうまでもないだろう。

ある作家を読むにあたって、「その作家自身はどんな作家を読んできたのか」を知ることには、それ自体としては別に意味がない。しかし、興味をひかれることではある。エイミーの読書リストでは、まずイタロ・カルヴィーノ。『木のぼり男爵』をはじめとする奇想天外なカルヴィーノ世界を知っている人には、うなずけることだと思う。それからオスカー・ワイルドの童話があり、感情の真実を語ることにおいては誰にもひけをとらない黒人作家ジェイムズ・ボールドウィンがいる。キャリル・チャーチルというぼくの知らないイギリスの女性劇作家の『クラウド・ナイン』という戯曲が人好きだそうだ。脳神経科医のオリヴァー・サックス（彼の不思議な症例ばかりのエッセーは、日本でも愛読者が多い）。そしてガブリエル・ガルシア＝マルケスの永遠の傑作『百年の孤独』は、頭に来てしまうほどすばらしいと考えている。先日、彼女がeメールで教えてくれたところでは、いまは村上春樹の奇妙な宇宙に入り浸っているらしい。アルフレッド・バーンバウムをはじめとするすぐれた翻訳者によって訳された村上ワールドが、英語でムラカミを読む作家の目にはどんな風に映っているのか、これも非常に興味深い点だ。

ごく公式的に彼女を紹介すると、以下のようになる。エイミー・ベンダーはロス・アンジェルス育ち、いまもそこに住む。カリフォルニア大学アーヴァイン校創作科出身、短篇集『燃えるスカートの少女』と長篇小説『私自身の見えない徴』の著者。この二冊は「ロス・アンジェルス・タイムズ」紙のベストセラー・リストに載った。「ハーパーズ」「グランタ」「GQ」「パリス・レヴュー」などの雑誌に短篇を発表し、現在では南カリフォルニア大学創作科で教えている。三人姉妹の末っ子。日本には行ったことがないけれど、ぜひいつか行ってみたい、そうだ。

その日本の読者のために、今回、彼女が特別に、ごく短い、美しくさびしい掌篇を書いてくれた。日本語版だけのボーナス・トラックとして、その散文詩のようなお話を、原文との対訳形式で、最後に掲載しておこう（たぶんこんな試みは、これまでになかったと思う）。ぜひ彼女の原文を、そっとつぶやくように、声に出して読んでみてほしい。そこできみに伝わる声と心のふるえが、エイミー・ベンダーという特別な作家の、最大の魅力なんだと思う。

この翻訳がかたちをとるまでのすべてを見届けてくれたのは、角川書店の安田沙絵だ。「眠りながら泳げる」というイルカみたいな元水泳少女の彼女に、作者と訳者の二人は、心から感謝している。

二〇〇三年四月二十五日、東京

追　記

二〇〇三年五月に刊行された『燃えるスカートの少女』は、思わず目をみはるほどの熱さをもって迎えられました。現代アメリカ文学に詳しい人たちからは、新しい潮流を代表する作家と見なされ、日ごろそれほどは翻訳文学を読まないという人たちにも、そのマジックは新鮮な果実をかじるみたいな経験として受けとめられました。ついで二〇〇六年二月にはエイミーの最初の長篇である『私自身の見えない徴』が出版され、夏には作家が初来日、日本の読者たちと直接ことばを交わす機会をもちました。その秋には文芸雑誌「すばる」十一月号が彼女をめぐる特集を組み、よしもとばななさんによる感動的な短文にはじまり、エイミーの日本旅行記、四つの新作短篇、インタビューなどが掲載されました。第二短篇集『わがままなやつら』も、まもなく、二〇〇八年になれば刊行されます。

明るく、さびしく、力強く、研ぎすまされ、無邪気なユーモアをもち、意表をつき、ときおり恐いくらいの深みをのぞきこんでいる。彼女はまだまだ成長の途上にいる作家で、その世界は太平洋という隔たりなどまるで感じさせないくらい、私たちの心にも直接響くものを提示してくれます。いま読んでも、『燃えるスカートの少女』の勢いのある想像力の魅力は、まったく色褪《いろあ》せていません。この文庫版で、ぞんぶんに楽しんでいただければさいわいです。

文庫化にあたり訳文を全面的に見直しました。この再検討のプロセスにていねいにつきあってくれた南映子さんに、心から感謝します。

二〇〇七年十一月二十五日、東京

解説　さびしいと思っていた世界に抱きしめられること

堀江敏幸

そこがいちばん大切なのだと直前まで知らずにいた部分を、エイミー・ベンダーは永久凍土でできた楔《くさび》のような言葉でまっすぐに突き刺す。とんでもなく冷たいはずなのに、刺された私たちの胸にはその瞬間じわりとした熱の波紋がひろがり、今度は予想外のあたたかさにとまどうことになる。なぜ、どうして、これほどの奇想が奇想に終わらず、飾りも寓意《ぐうい》も脱ぎ捨てたさびしさをまとうことができるのか？

恋人がある日とつぜん猿になり、一ヵ月後には海亀に、最後にはサンショウウオに似た生きものに変身する。カフカの小説の主人公のように、これが自分の身に起きた出来事であったならば、つとめて冷静さを保ち、また、わきあがる笑いを拒まずにいることもできるだろう。けれど、エイミー・ベンダーの小説ではそうはいかない。愛するひとが少しずつ人間ではなくなっていく過程を間近で見ている「思い出す人」の語り手アニーには、狂気のかけらもないのだ。疲れてはいても、心に残されるのはこれ以上ないと思えるくらい澄んだ落ち着きだけである。

恋人からサンショウウオへ。陸から海へ。不幸な恋人が徐々に「退化」したとは書かれていないことに注意しよう。なにしろ両生類を海に帰すのだから、それは退化ではなくあくまで「逆進化」と呼ぶべき現象であり、かならずしも負の意味ではないのだ。「人間だった彼を見た最後の日、彼は世界はさびしいと思っていた」とアニーは言う。しかし、さびしさが病でないことも彼女は知っている。

「記憶を点検し、まだ記憶が失われていないことを確認する。なぜなら彼がいないのであれば、覚えているのは私の仕事だから」

不在の対象をいつまでも忘れずにいること。それが「仕事」だと認識すること。ここにエイミー・ベンダーという作家が差し出す、冷たくてあたたかい手の秘密がある。あなたが消えれば「私」も消える。そういうきびしい愛と絶望の癒着のなかで登場人物たちは暮らしているのだが、彼らのあいだに立って読者に言葉を伝えている者だけは、ここに、こちら側の世界に踏みとどまって、消えたあなたを追いかけるつらさよりも、目の前のあなたを追いかけないつらさに、ひとつしかない身体をあずけようとする。

どの一篇を挙げてもいい。地下鉄で出会った男の家までついていって、ドレスを鋏《はさみ》で切り刻まれたりベルトで縛られたりしても帰ろうとしない「私の名前を呼んで」の「私」。

戦争で唇を亡くして帰ってきた夫の、いまでは保護のプラスチックの円盤に覆われているあってない唇のなかに、なけなしの現在も過去も封印されてしまう「溝への忘れもの」のメアリー。父が死んだ日に何人もの男とセックスし、自身のこころの軸の狂いを見極めようとする「どうかおしずかに」の図書館員の「彼女」。

待っていたものとは異なるなにかがいきなり手許《てもと》にやってきても、それを不可解だと思わずに受け止め、あって当然のものがいきなりどこかへ消えてしまっても、それをさびしさと呼ばずに黙って呑《の》み込んでいる。ある意味で、彼ら、彼女らは、孤独とは言えない。家族であれ恋人であれ友人であれ、まわりにひとがいてそのなかに自分がいることのあたりまえさを、自然さを、ありがたさを、またそれゆえの残酷さをも理解している。にもかかわらず、彼らは触れ合いの持続よりも、その静かな崩壊の持続のほうに、より大きな価値を置いているのだ。

アンデルセン、ブッツァーティ、シュルツ、カフカ、ムラカミ。その他、ウィリアム・マックスウェルやブローディガンといったさまざまな書き手との交信の痕《あと》がうずく途方もない筋の展開のなかにあって、エイミー・ベンダーの登場人物たちは、極度に繊細でありながら、本質的に乱れることがない。尖鋭《せんえい》になりすぎた冷静さが狂気や乱脈さとどうちがうのかと問われても、答えは変わらないだろう。なにかが欠けているからこそひとは乱れず冷静になれるからで、私たちは彼女が沈着なビートを打ちながら重ねてくる「氷った焔《ほのお》」（清岡卓行）のような言葉を受け入れ、傷つけられていくほかないのである。

だからといって、ベンダーが、自傷によってしか自己を保てず前にも進めない人々の苦しみの表出法を、全的に肯定しているわけではない。読者としての私たちがそうであるように、そんな行為に走らなくても、物語を書くことを通じてその傷のありかを平静にながめ、痛みの減衰を確認しつつ、日々の暮らしの反復のなかでねばり強く狂気に耐える権利を彼女は与えてくれるのだ。

管啓次郎のそれじたい熱く冷静な日本語によってエイミー・ベンダーに出会ったとき、ここには薄い皮膚を介して他者と触れあう困難さをあっさり認める勇気と、大切なひとのひんやりした固い墓石を永遠に抱いてあたためる覚悟を決めたいさぎよい愛の共存がある、と感じたことをいまもよく覚えている。実際、火の手を持った女の子と、氷の手を持った女の子が登場する「癒《いや》す人」に描かれているのは、そうとは名指されていない愛のかたちだった。それぞれに他者を癒す力を持っているのに、彼女たちは、自分自身の欠けている部分を治すことができない。ふたりいればなんらかの中和点を探すことはできるだろうけれど、両者の最適な割合を化学の実験さながら詰めていくには、すぐれた観察者が必要不可欠になる。スカートが燃えたのではなく自身が燃えたと映るような美しい幻にしても、その模様を語ってくれる者がいなければ私たちには何も伝わらないからだ。

つまり、エイミー・ベンダーこそは、その観察者なのである。ブラックユーモアでもユダヤジョークでもない、いわば存在じたいのアイロニーを、根源的な皮肉を見つめる言葉の発信者。皮と肉があって、そこには骨がない。骨は欠けているのではなくどこかに隠されていて見えないだけなのだ。見えないという理由で最初から無くしたことになっているなにか、逆に、そこにあるのを見たという理由で最初からあったものにされていた未知のなにかを、彼女は固い骨として摑《つか》み取り、なんの意味づけもしないでそのまま差し出す。

にもかかわらず、その骨に触れると、片手を切り落としたあとの、あの火の手を持つ女の子に触れられた人々がみなそうであったように、痛みがあるのに「何かすてきな気持ち」がわきあがって、いま、この瞬間、自分は世界そのものに抱きしめられている、と感じずにはいられないのだ。

「人間だった彼を見た最後の日、彼は世界はさびしいと思っていた」という一文をここでもう一度繰り返そう。「さびしいと思っていた」その世界に抱きしめられること。ベンダーが摑んだ骨は、つまり言葉は、読者がこの矛盾を受け止めたとき、もっとも鮮烈に輝くのである。

夜

彼女はそれを避けるためなら何でもする。太陽が沈むそのときに眠りにつく。太陽が昇るときに起きる。それでは眠りすぎだが彼女は自分を眠らせておく、枕の下に潜りこんでいる。すると子供のころ風邪をひいて他の子たちはみんな学校に行ってるのに風邪がいつまでも治らなかったときの記憶のように、眠りすぎて頭の芯がぼんやり痛い感じが一日中つづく。でも彼女はもう夜なんか見たくないのだ。すべてのものをいっぺんに見たい、黄色い陽光にひたされた世界、活動する人々、あちこちで鳴るクラクション、機敏な歯、カフェイン、知りうるかぎりのものを。

鳥たちが彼女に呼びかける、まだ外が暗いのに目を覚ました鳥たちが。起きなさい、と声をかける、極度の疲労すら尽きてしまうほどたっぷり眠った彼女に。起きなさい、こっちにおいでよ、樹に上がっておいでよ。

彼女は鳥の粒餌を毒にひたし魅力的なバスケットに入れて窓辺に置く、でも鳥たちの嗅覚はとても鋭くて間違いを冒すのは蛾や蚊だけ。

その日、鳥たちは彼女を起こす。鳥たちはすごくやかましい、

Night

She does everything she can to avoid it. She goes to sleep right when the sun sinks. She rises when it rises. That's too much sleep but she keeps herself sleeping, keeps herself under pillows, and all day has something of that achy overdrowsed feeling she remembers from days as a child when she had the flu, the endless flu when everyone else was in school. But she does not want to see the night anymore. She wants to see all things at once, the world drenched in yellow sunlight, people up, horns honking, alert teeth, caffeine and the knowable.

The birds call to her, those birds who are awake when it's dark out. Get up, they call, when she's slept out her exhaustion. Get up, come out here, come out up into the trees.

She soaks birdseed in poison and places it on her windowsill in an attractive basket, but they have fine senses of smell and only the moths and mosquitoes make the mistake.

On the one day, they get her up. They're so loud, cackling and flirting in the bushy trees, and she has slept and slept and

よく繁った樹々の中でおしゃべりをしたり、いちゃついたり。彼女は眠りに眠ったのだがそれでもまだ朝の四時だ。六時半にベッドに入ったりするとそういうことになる。

網戸をあけて外に出ると歩道は鳥の糞でいっぱい。鳥たちは乙女たちが服を脱ぎ捨てるように樹からするりと滑り出し、そっと、彼女にとまる。しいっ、と彼女はいうが、声にはまるで力がこもっていない。窓はどこも暗い。車はすべて駐車中。世界中のみんなが意識を無くしている。彼女は睡眠薬を飲み温かいミルクを四杯飲んでいたのに、すっかり覚めきった自分を打負かすことはできない。心臓は休むことを知らず《シット・アップ》、心は脱線事故を起こした列車。彼女は泣いてはいない、まだ今は。くちばしで羽を整えクークーと鳴く鳥たちが、コート掛けのように彼女が見えなくなるまでとまり、鳥たちはみんな涙の合図がやってくるのを待っている。涙が落ちれば、鳥たちは想像のコートをふわりとひるがえすように一斉に彼女から飛び立って、海をめざして渡りをはじめるのだ。

it's only four in the morning. That's what happens when you go to bed at six-thirty.

She steps out the screen door and the sidewalk is covered in bird shit. The birds slip out of the tree like maidens undressing and land, delicately, upon her. Shoo, she says, with no emphasis at all. All the windows are dark. All the cars are parked. Everyone in the world is unconscious. She has taken sleeping pills and drank four glasses of warm milk but you cannot defeat your own wakefulness. The sitting up of her heart; the trainwreck of her mind. She is not crying, not yet. She is covered in birds like a coat rack, preening and cooing, and each bird is waiting for the tears as their cue, before they will spring off of her all at once, in a shadowy coat, and begin their migration to the ocean.

燃《も》えるスカートの少女《しょうじょ》

エイミー・ベンダー

管《すが》 啓次郎《けいじろう》＝訳

角川文庫 14967

平成十九年十二月二十五日 初版発行
平成二十五年七月五日 六版発行

発行者—井上伸一郎
発行所—株式会社角川書店
東京都千代田区富士見二—十三—三
電話・編集 (〇三)三二三八—八五五五
〒一〇二—八〇七八

発売元—株式会社KADOKAWA
東京都千代田区富士見二—十三—三
電話・営業 (〇三)三二三八—八五二一
〒一〇二—八一七七
http://www.kadokawa.co.jp

印刷所—暁印刷 製本所—BBC
装幀者—杉浦康平

Printed in Japan

定価はカバーに明記してあります。

ヘ 14-1 ISBN978-4-04-296801-6 C0197